화순, 그곳에 가다
과거와 현재가 어우러진 내 고장 이야기

화순이 좋다

화순이 좋다

초판 1쇄 인쇄_2020년 12월 20일 | 초판 1쇄 발행_2020년 12월 25일
지은이_문기주 | 펴낸이_오광수 외 1인 | 펴낸곳_주변인의길
디자인 · 편집_편집부
주소_서울시 용산구 한강대로76길 11-12 5층 501호
전화_02)3275-1339 | 팩스_02)3275-1340 | 출판등록_제 2016-000037호
E-mail_ jinsungok@empal.com
ISBN_978-89-93536-65-2 03810

※ 책 값은 뒤표지에 있습니다.
※ 주변인의길은 도서출판 꿈과희망의 계열사입니다.
※ 쌍산항일의병유적지, 학포당, 연둔리숲정이 사진은 문화재청 국가문화유산포털
  (공공누리 제1유형) 사진입니다.

화순이

좋다

고향의 품 같은 화순으로 떠나는 여행

넓은 벌 동쪽 끝으로
옛이야기 지줄대는 실개천이 휘돌아 나가고
얼룩백이 황소가
해설피 금빛 게으른 울음을 우는 곳
그곳이 차마 꿈엔들 잊힐 리야

정지용 시인의 '향수'는 노랫말로도 널리 알려져 사람들 마음속에 품고 사는 고향을 그리워할 때에 부르게 되는 시이다.

고향을 떠나 살면서 정붙여 사는 곳에 따라 제2, 제3의 고향을 만들곤 한다. 세상살이에 바빠 고향을 잊고 살다가도 어느 순간 가슴 깊숙한 곳에서 까닭 모를 그리움이 밀려올 때 떠오르는 곳은 어릴 적 뛰놀던 고향이다.

어릴 때 철없이 뛰어놀던 곳이 세계문화유산인 고인돌이고, 학창시절 놀러 갔던 곳이 운주사라니, 지금 생각하면 정말 감사한 일이다. 전통이 살아있고, 신이 빚어놓은 자연과 문화와 역사의 땅 화순은 세계문화유산인 고인돌, 공룡발자국 화석, CNN이 선정한 세량지, 굽이굽이 절경을 만들어낸 화순적벽, 절경이 있는 곳에 함께 있는 수많은 정자, 유구한 역사를 간직한 사찰, 사계절의 아름다움을 담고 있는 자연의 절경과 역사의 현장을 지켜오고 있는 문화유산의 보고이다.

전라도의 중심권에 있는 화순은 70% 이상이 산이다 보니 산세가 수려하고, 지석천, 화순천, 동복천을 끼고 각각의 독자적인 문화를 만들어냈다. 높고 낮은 산이 많으니 자연 경관이 절경이고, 정자의 고장이라는 이름이 붙을 정도로 경치가 좋은 장소에는 정자를 짓곤 했다.

　천불천탑의 사찰인 운주사와 쌍봉사가 있고, 고인돌이 세계문화유산이 되고, 공룡발자국화석이 발견되면서 화순으로 답사오는 방문객이 많아졌다.

　산이 많고 교통이 불편한 오지이다 보니 조선시대에는 유배지이기도 했다. 사람 발길이 드물었던 오지는 자연을 그대로 간직해왔으나, 교통과 산업의 발달로 지금은 관광지로 변모하고 있다.

　화순의 곳곳을 되짚어 보니 이 작은 도시에 이렇게 많은 보물들이 남아 있었나 싶을 정도로 많은 문화재와 절경과 역사와 전통이 담겨 있다.

　공룡이 살았던 흔적, 언덕마다 펼쳐진 고인돌, 기암절벽에 병풍처럼 수놓은 적벽, 천불천탑과 와불, 고단함을 풀어주는 온천, 사람들이 왁자지껄 흥정하는 전통시장 등 화순에 가면 모두 만날 수 있는 곳들이다. 이제 화순으로 힐링 여행을 떠나보자.

화순 사람, 문기주

2
화순으로 가는 길은 유구하다
- 전설이 전통이 되고, 문화가 되다

3
화순으로 가는 길은 간절하다
- 그곳에 역사를 움직인 인물이 있다

4
화순으로 가는 길은 힐링이다
- 산과 계곡의 조화가 화폭에 담기다

1

화순으로 가는 길은
아늑하다

...

사람이 살아 숨쉬다

사람 사는 냄새가
물씬 풍겨나다
– 화순전통시장

화순전통시장

화순고인돌전통시장

    대형마트가 도시 곳곳에 들어서자 동네 전통시장이 장사가 안 된다고 하여 한 달에 두 번 주말에 대형마트는 문을 닫는다. 서로 상생하기 위한 어쩔 수 없는 선택이지만 그래도 전통시장은 점점 그 세가 기울고 있다.

    세상은 우리의 생각 이상으로 급변하고 있다. 손가락으로 핸드폰 몇 번 터치하면 원하는 것을 언제든지 살 수 있는 세상이다. 아무리 잡으려고 해도 거대하게 흘러가는 시대의 변화를 막을 수는 없다.

    점차 사라져 가는 것 중에 하나가 바로 지방의 전통시장인 5일장이다. 아직도 전국에 수많은 5일장들이 각 지역을 대표하는 전통시장으로 그리고 관광지로 이름을 이어가고 있다.

    평소에는 몇몇 사람들만 있을 뿐 휑하니 썰렁하던 장마당이, 5일장이 열리는 날이 되면 곳곳에 천막을 치고 상인들이 하나둘 자리를 잡고 장사를 시작한다. 이내 사람들은 몰려들고 여기저기서 흥정하는 소리에 시끌벅적하다. 텃밭에서 기른 호박 몇 개와 채소를 갖고 와 한 귀퉁이에 앉은 할머니는 그닥 열심히 팔지도 않는다. 그러나 그 싱싱함에 주부들은 저녁 반찬으로 된장찌개를 생각하며 호박을 사들고 자리를 뜬다. 한쪽에서는 뜨끈뜨끈한 두부가 하얀 김을 내며 손님을 기다리고, "뻥이요!" 하는 소리와 함께 뻥튀기가 사방으로 구수한 냄새를 풍기며, 온갖 장아찌를 만들어서 맛깔나는 색깔로 눈길을 끈다. 그러다가 손님이 뜸한 시간이 되면 옆에 사람들과 이런저런 얘기를 나누는 모습이 마치 가족 같은 모습이다.

화순시장은 화순군의 중심지역에 있다. 화순읍사무소가 가까이에 있고, 시장 건너편에는 화순군 곳곳을 오가는 군내버스터미널이 있다. 시외버스공용정류장도 멀지 않은 곳에 있어서 사람들이 모이기 좋은 장소에 시장이 형성되어 있다. 화순시장은 매월 3일과 8일이 들어 있는 날짜에 열리는 5일장 전통시장으로, 농산물과 지역 특산물 그리고 생활필수품 등을 팔고 있다.

근대화가 되는 과정에 1896년 행정 개편으로 능주와 동복, 화순이 하나로 합쳐지면서 생겨난 도시가 지금의 화순이다. 평야보다 산이 많은 화순은 농산물보다 임산물이나 광산물을 많이 생산하는 지역이다.

전통시장은 각 지역의 지형적 특색에 맞게 자연스레 장터가 열리고 지역에서 생산되는 물건들을 보따리에 이고 지고 모여들어 장사를 하게 된다. 배를 띄울 수 있을 정도로 수량이 풍부한 동복천 주변에 만들어진 장마당을 통해 물건들을 사고 팔았고, 일제강점기 이후에는 육로 교통이 발달하여 화순과 능주를 중심으로 시장이 만들어졌다.

원래 화순에는 조선시대부터 시장이 많았다. 초창기에는 7개의 장이 섰다가 5개로 줄더니 일제강점기에 다시 7개가 되었다. 해방 후 한때 11개로 늘어나기도 했는데, 산업이 발달하고 도시가 생기면서 사람들은 큰 도시로 빠져나가고, 인구가 줄기 시작하면서 시장도 줄어들었다. 지금은 6개의 정기시장이 5일장을 열고 있는데 그중에 가장 활기찬 시장이 바로 화순시장과 능주시장이다.

옛날 화순장은 1963년까지 군청 옆에 있는 구시장 터에서 장을 열었다. 구시장 터는 역사적으로도 뜻깊은 장소이다. 1919년에는 3.1운동을 준비했던 곳이다. 3.1만세운동은 전국적으로 퍼져나갈 때 대체로 장터에서 많이 일어났다. 시장은 계층에 상관없이 많은 사람들이 모이는 장소이기 때문에 만세운동을 펼치기에는 안성맞춤의 장소였다.

갓 쪄낸 두부가 고소한 냄새를 온
시장 안에 풍기고 있다.

화순장이 얼마나 활기를 띠었는지는 당시의 신문기사를 봐도 알 수 있다. 1933년대의 한 신문에, 화순장이 열리는 장날만 되면 행상과 노점이 시내를 점령해서 보건위생과 교통체증의 문제들이 발생하기 때문에 시장을 옮겨야 한다는 내용이 실려 있다. 얼마나 많은 사람들이 화순장을 찾았으면 이런 기사가 났을까 싶다. 그만큼 화순장은 지역 사람들이 찾는 중요한 장소였다는 것을 보여준다.

시골 장터에서나 볼 수 있는 물건들도 나와 있고, 텃밭에서 기른 야채들도 가득하다.

옛날만 해도 화순장은 지금처럼 5일장이 아니라 끝자리가 1, 3, 6, 8일에 장이 서던 3일장이었다. 한 달에 열두 번 장이 섰는데, 이것은 3, 8일에 장이 서는 5일장으로 바뀔 때까지 계속되었다. 이렇게 바뀐 것은 2000년대 초반이니 불과 20여 년밖에 되지 않았다. 급속도로 변하는 산업화의 속도만큼이나 사람들은 도시로 빠져나가고, 시골의 장터마저도 변화의 물결을 피할 수 없었을 것이다.

대형마트가 줄어들고, 인구가 감소하는 현상이 멈추고, 옛날로 돌아가기는 쉽지 않은 상황이다. 그러다 보니 전통시장들이 시장을 활성화시키고 경쟁력을 확보하기 위해 여러 가지 방법을 강구하였다. 낡은 점포를 철거하고 새로운 모습으로 바꾸는 등, 시설 현대화 작업을 하였다. 사람들이 모여야 장도 보고 물건도 사는 만큼 행사장을 마련하여 공연이나 이벤트를 하기도 하고, 특산품을 팔 수 있는 판매장을 설치하여 시장의 다양화를 위해 노력하고 있다.

여기서 멈추지 않고 시장의 변화는 계속되고 있다. 화순시장은 2015년에 문화관광형 시장으로 선정되어 새로운 변화를 시도

하고 있다. 매주 금요일과 토요일에 야시장을 열어 각종 공연을 열기도 하고 다양한 먹거리를 준비하여 지역 주민들 뿐만 아니라 화순을 방문한 관광객들이 즐겨 찾도록 한다.

화순을 대표하는 전통시장으로 자리잡고 있는 화순시장은 90여 개의 점포와 360여 명의 상인들로 구성된 화순고인돌전통시장이라는 이름으로 불린다.

화순에는 전통시장이 몇 군데가 더 있다. 5, 10일로 끝나는 날에 장이 열리는 능주시장이 있는데, 특산물인 복숭아와 참외가 나올 때는 이곳 주민들뿐만 아니라 광주에서도 찾아온다. 동복천 옆으로 장이 섰던 동복시장은 화순 지역에서 3.1운동이 가장 크게 일어났던 곳이었는데, 수로 교통에서 육로 교통으로 바뀌면서 이제는 그때의 명성을 갖지 못하고 있다.

이외에도 화순에는 춘양시장, 이양시장, 남면시장 등이 있어서 정기적으로 날을 정해 장날이 열리고 있다.

황금 들녘의
아늑함을 품고 있다
– 덕산마을(저자 문기주의 고향)

덕
산
마
을

저자의 고향인 덕산마을은 고즈넉한 시골 마을의 모습을 담고 있다.

지금은 아무리 깊고 높은 산도 터널을 뚫어서 연결하고, 멀리 떨어져 있는 외딴 섬도 다리를 연결하여 섬인 줄 모르고 육지로 착각할 정도로 교통이 편리해졌다.

화순은 70% 이상이 산으로 이루어져 있다. 지금은 관광지로 유명하여 사람들이 많이 찾아오지만 교통이 발달하지 않았던 시절에는 재를 넘어 다녀야 했다. 광주에서 화순을 들어오려면 너릿재터널을 지나게 된다. 터널이 뚫리기 전까지는 변변한 도로가 없어서 너릿재라는 좁은 고갯길을 넘어야 했다. 고갯길이 하도 좁고 구불구불하다 보니 옛날에는 도적들도 들끓었다고 할 정도로 위험하였다. 이 너릿재에 왕복 2차선으로 된 터널이 뚫린 것은 1970년대이다. 길이 편해지다 보니 통행량도 증가하고 사람들의 왕래도 잦아졌다.

공룡이 살던 흔적이 남아 있고 세계문화유산에 등재될 정도로 많은 고인돌이 곳곳에 남아 있는 것을 보면 화순은 살기 좋은 곳이었을 것이다.

화순의 역사를 찾다 보면 마한시대에 여래비리국, 벽비리국이 있었다는 기록을 보게 된다. 일제 강점기를 거치면서 행정체계가 지금의 형태를 갖추게 되는데, 그 이전까지 화순군은 지석천, 화순천, 동복천의 세 줄기 강을 중심으로 발달해 왔다. 즉 지석천의 능주 방면, 화순천의 화순 방면, 동복천의 동북 방면 등 크게 세 줄기의 강을 따라 사람들이 모여 지역 환경에 맞는 문화가 이루어져 온 것이다. 산이 높고 깊은 곳에는 산촌 마을이 생겨 산나물과 특산물을 키웠고, 산을 끼고 물이 흐르는 곳에 들판이 펼쳐져 있는 곳에서는 농사를 짓고 살아왔다.

너릿재터널을 지나 서남쪽 방면으로는 평야가 나타나기 시작한다. 주로 산지를 이루고 있는 화순에서 농사를 지을 수 있는 곳이라면 사람들이 모여 살았을 것이다. 도곡면을 가로지르는 지석천에 놓인 다리를 지나 덕곡리쪽으로 가면 가을빛에 무르익은 벼이삭이 황금빛으로 물들인 넓은 평야가 보이고, 그곳에 평화로이 자리잡은 덕산마을이 있다.

마을 앞을 흐르는 지석천 줄기를 따라가면 도곡중학교 쪽으로는 도곡온천이 있고, 도곡온천에서 북쪽으로 가면 화순역이 있어서 광주에서 화순으로 들어오는 기차가 지나고 있다. 지석천 남쪽으로 내려가면 세계문화유산인 화순고인돌공원이 자리잡고 있고, 그 주위에는 골프장이 있어서 많은 사람이 찾고 있다. 고인돌유적지는 낮으막한 구릉이나 야산에 퍼져 있는 것을 볼 수 있는데, 골프장도 마찬가지로 낮으막한 구릉 지대나 야산에 위치하고 있다. 이곳에 골프장이 곳곳에 있는 이유를 알 것 같다.

주변에 이렇게 사람이 많이 찾는 온천이 있고 고인돌유적지가 있는 것과 무관하게 황금 들녘을 바라보며 자리잡은 덕산마을은 벼농사를 주로 짓고, 특산물로 고추농사를 짓는 아늑하고 평화로운 마을로, 마치 한폭의 그림 같아, 옛날에 많은 TV 시청자들에게 사랑을 받았던 농촌드라마인 전원일기의 한 장면을 떠오르게 한다.

화순군 덕곡리(德谷里)는 덕산(德山)마을의 '덕'과 이곡(耳谷)마을의 '곡'을 따서 덕곡리라고 하였다. 덕곡리는 덕산마을, 이곡[귀실]마을, 산여울마을 등 3개의 자연 마을로 이루어져 있다.

덕산마을은 마을에 석간수로 솟아나는 샘이 있어서 돌샘[石泉], 독샘이라고 불렀는데, 돌샘마을을 한자로 표기하면서 발음이 비슷한 덕산이 되었다고 한다. 지금은 논둑 옆에 있는 웅덩이처럼 보이지만, 연세 지긋한 마을 어르신들이 전하기를 조왕신에게 바치는 귀한 물로 사용하였다고 한다. 부뚜막신이라고도 하는 조왕신은 여자들에겐 든든한 보호자 같은 신이었다. 액운을 막아달라고 빌기도 하고, 아들을 낳게 해달라고 빌기도 하는데, 새벽마다 돌샘에서 귀한 물을 떠와서 조왕신에게 바치는데 그 정성이 지극하였다.

마을 사람들의 모임장소이고, 일터이고 쉼터이기도 한 마을회관

덕산마을 앞에 펼쳐진 황금빛 들판에서 추수를 앞두고 벼이삭들이 익어가고 있다.

이곡마을은 마을 모습이 사람의 귀처럼 생겼다고 해서 귀실이라고 했고, 한자로 표기하면서 이곡(耳谷)이라 하였다.

산여울마을은 지석천 변에 자리잡고 있는데 지석천의 물살이센 곳에 자리잡았다고 해서 산여울이라 부른다고 하였다.

덕곡리 북쪽으로는 200~300m 높이의 구릉지대가 있고, 동쪽과 남쪽에 지석천이 흐르고 있으며, 남쪽 하천을 따라 평야가 발달해 있다.

덕산마을로 들어가는 입구 양쪽으로 논이 펼쳐져 있고 도로 양편으로 정갈하게 나무가 심어져 있다.

이곡마을은 동쪽의 덕재봉과 서쪽의 황새봉, 북쪽의 매봉의 산줄기가 감싸고 있는 골짜기에 마을이 있으며, 남쪽은 지석천과 대초천의 합류 지점에 위치하여 평야가 천변에 발달되어 있다. 마을의 방향은 남쪽을 향하고 있다.

덕산마을은 동쪽·서쪽·남쪽으로는 평야가 형성되어 있고 북쪽에는 덕재봉(德再峰)이 있다. 마을의 방향은 남쪽을 향하고 있다. 산여울마을은 동쪽·서쪽·북쪽은 평야가 형성되어 있고 남쪽은 지석천이 흐르고 있다. 마을의 방향은 남쪽을 향한다.

화순의 특징 중 하나가 정자가 많은 것인데, 이곳에도 역시 오고정(五鼓亭)과 삼효정(三孝亭)이 있다.

오고정은 북을 다섯 번 울린다는 뜻인데, 조선시대 한 집안에서 과거급제를 한 사람이 다섯 명이나 나왔다고 해서 이를 기념하기 위해 지은 정자이다. 동래부사를 지낸 고암 정지함, 흥양현감인 고정 정지영, 창원부사인 고헌 정지소, 진도군수인 고재 정지말의 4형제와 매부인 현감 고와 정한산이 과거급제를 해서 북을 다섯 차례 울렸다고 하여 정자 이름을 오고정이라고 하였다. 한 집안에서 한 명이 급제하기도 힘든데 무려 4형제와 매제까지 다섯 명이 모두 급제를 하였으니 기념할 만도 하다.

　삼효정은 덕산마을에 느티나무 숲이 자리한 곳에 있는 정자이다. 처사였던 문석빈, 능주향교의 전교를 지낸 문석현, 마을 촌장인 문석우 3형제가 충성심과 효성이 지극하여 면암 최익현이 나라에 상소를 올려 세웠다고 한다. 당시 최익현이 현판의 글씨를 직접 썼다고 하는데 지금의 현판은 다른 사람의 글씨로 되어 있다. 당시에 후손인 문치기가 근처에 느티나무 3그루를 심었다는데 지금은 숲을 이루었다.

호남의 의병 활동이
들불처럼 일어나다
– 쌍산항일의병 유적지

쌍산항일의병 유적지

의병성의 일부

    나라가 적의 침입을 받아 위기에 처했을 때 백성들이 스스로
나가 싸우는 것을 의병이라고 한다. 의병은 나라의 부름을 받은
정식 군인도 아니고 어떤 대가를 바라지도 않고 오직 나라를 구
하겠다는 일념으로 스스로 전쟁터로 나아간 분들이다. 많은 의
병 활동이 있었지만 임진왜란과 명성황후를 시해한 을미사변 이
후 나라의 운명이 풍전등화일 때 의병 활동이 가장 활발하였다.

    대한제국 말기 항일운동을 할 때 전라도 지역에서 가장 의병
투쟁이 활발했다고 한다. 항일의병과 관련된 유적지는 의외로
많이 남아 있지 않은데, 일제가 항일의병을 토벌한 후에 유적을
모조리 없애버렸기 때문이기도 하다. 화순에서 호남 의병의 흔
적을 찾아볼 수 있다는 것은 정말 다행스런 일이다.

    한말 의병 유적지 쌍산의소를 가려면 지방도에서 산길로 4km
를 들어가는데, 깊은 산골에 위치하고 있어서 구불구불 비포장
된 산길을 따라 가야 한다. 지금은 숲을 즐기면서 드라이브하듯
이 갈 수 있는 장소지만 당시에는 나라를 구하겠다는 의병들의
기운이 충만했던 곳이다.

계당산은 호남의 대표적인 의병 활동의 거점지 중의 한 곳이다. 계당산 일대를 쌍산, 쌍봉 등으로 불렀는데, 여기서 유래해서 쌍산의소라는 이름이 붙여졌고, 지금은 화순 쌍산항일의병 유적으로 불리고 있다.

일제의 침략이 본격화된 때는 을사늑약 이후인 1906년 말부터이다. 의병도 이때부터 활동을 본격적으로 하였다. 1907년 음력 3월에 양회일, 임노복, 임상영, 안찬재 등이 중심이 되어 쌍산에서 의병을 일으켜 능주, 동복, 화순 일대로 의병 활동을 확대해 나갔다. 양회일이 이끄는 의병부대는 능주를 점령하고 화순으로 나아가 관아와 분견소를 습격했다. 나아가 동복을 거쳐 광주로 향해 진격하다가 일본군의 기습을 받았다.

쌍산의소는 1909년 일본군이 화순 지역을 비롯한 전라남도의 의병 활동을 진압하기 위해 실시했던 남한대토벌 작전으로 호남 의병들이 전멸할 때까지 거점이 되었던 곳이다.

의병 막사가 있던 장소

만세바위와 유황굴의 모습

　계당산 기슭에 약 80cm 높이의 돌담을 길게 쌓아 의병성을 만들었고, 그 안에는 둥근 모양이나 네모난 모양으로 낮은 돌담들이 늘어선 막사 자리가 있다. 의병성과 막사 자리가 있는 것을 보면 이곳에 의병촌을 만들었던 것 같다.

　이곳에는 의병들에게 무기와 탄약을 공급하던 무기 제작소와 탄약과 무기 만들 때 필요한 유황을 채취하고 보관하던 유황굴이 있었다고 하는데, 축대 위에 철을 녹이던 용광로의 일부분과 쇠 부스러기들의 흔적이 남아 있다. 자급으로 무기를 만들어 가며 일본군과 맞서 싸웠을 의병들을 생각하니 가슴이 벅차오른다.

　의병들의 지휘본부로 쓰였던 임노복의 집은 복원된 상태로 있는데, 군량미를 보관하는 장소로도 사용되었다. 이곳에서 의병 지도자들이 모여 거병을 계획하였을 것이다.

　쌍산항일의병 유적지에 있는 중리마을은 의병마을이라고도 한다. 기묘사화 때 화순으로 유배왔다가 사약을 받고 죽은 조광조의 시신이 처음 안치되었던 마을이다. 의병장인 양회일의 조상인 양팽손이 조광조의 시신을 거두어 사당을 지어 제사를 지내기도 했던 곳이다.

　나라가 어려움에 처하면 이름 모를 백성들이 나타나 개인의 부귀영화는 뒤로 한 채, 오로지 나라를 위해 전쟁터로 나가 몸과 마음을 바쳐 싸우던 의병들이 있었기에 지금의 평화를 누리고 있는 것이다.

　여느 관광지처럼 경관이 뛰어난 곳에 있는 것도 아니고, 훌륭한 개인의 업적이 담긴 곳도 아니다. 평소에는 하하호호 하며 농사도 짓고 산나물을 캐고 살았을 사람들이 나라를 구하겠다는 일념으로 성도 만들고, 무기도 만들어 적에 맞서 싸웠던 쌍산항일의병 유적지는 마음먹고 꼭 한번은 찾아봐야 할 곳이다.

5.18민주항쟁의 흔적이 곳곳에 남다

- 너릿재옛길, 화순역

너릿재옛길 · 화순역

승강장에서 바라본 화순역

　지친 몸과 마음을 위로받고 치유하려면 숲길을 걸어보라고 한다. 울창한 나무가 가득한 숲 사이로 난 길을 걸으면 들숨으로 느껴지는 공기의 맛부터 다르다. 화순의 너릿재옛길이 '아름다운 자전거길 100선'에 뽑히기도 하고, '걷고 싶은 전남 숲길 공모전'에서 선정되어 전라남도를 대표하는 숲길 12곳 중의 한 곳으로 뽑혔다고 한다. 무등산에서 뻗어내려간 줄기 중 남동쪽으로 가면 화순군과 광주광역시의 경계를 이루는 고개가 바로 너릿재이다.

　눈이 많이 오면 한 달 넘게 길이 끊길 정도로 깊고 험준했던 너릿재는 터널이 뚫린 이후 새 길이 생기면서 '너릿재옛길'로 불리게 되었다.

　화순 사람들의 애한이 서려 있는 옛 국도 29호선인 너릿재옛길은 너릿재 터널이 완공되기 전까지 화순 사람들이 광주로 가기 위해 꼭 지나야 했던 유서 깊은 고갯길이다.

　'동국여지지'나 '여지도서'를 보면 '광현(廣峴)', '판치(板峙)' 등이 보이는데, 너릿재를 '광현'으로 표기한 것은 고갯마루가 넓고 평평다는 뜻이고, '너리재'를 한자로 옮겨 쓰면서 판치(板峙)가 된 것으로 보인다. 이런 기록과 관계없이 너릿재라는 이름에 대해 몇가지 이야기가 있다. 산이 깊고 험하다 보니 너릿재를 넘다 도둑들에게 봉변을 당해 죽으면, 시신을 넣은 판(널)을 들고 너릿너릿 내려온다고 해서 너릿재라고 했다고 하고, 동학농민운동 때 이곳에서 일본군과 관군이 농민군을 처형하였고, 죽은 농민군의 널을 끌고 왔다고 해서 널재라고 부르다가 지금의 너릿재가 되었다고 한다.

너릿재는 과거 먼 조상들의 이야기만 있는 것이 아니다. 우리 할아버지 할머니들이 겪었을 고통도 간직하고 있는 곳이다.

광복 이듬해인 1946년 8월 15일, 광주에서 열리는 기념식에 참석하려고 출발한 화순탄광 노동자들을 미군정이 진압하는 과정에서 수십 명이 학살당했다.

5.18 때 불의에 항거하다 돌아가신 분들에게 바치는 시비가 있다.

화순 그대 영원한
참세상의 고향이여

김준태

잊지 말자 기억하자
불의의 무리들이 쳐내려와
해와 달마저 피투성이로
뒹굴던. 그러나 손에 손잡고
참세상 민주주의를 향하여
불기둥처럼 타 오르던
1980년 5월 의향 화순을!
사랑과 평화 자유를 위해
온몸으로 결사항쟁의 깃발을
높이 들어올린·화순사람들
천년이 지나간들 어이 잊으랴
천년이 지난들 어이 빛나지 않으랴

* 1980년 5월(5·18민주항쟁) 당시

광주시민들을 학살하는
군부에 대항하여 가장 빛나
게 싸웠던 화순사람들. 그들과 「화순이

1980년 5.18 광주민주화운동 때 광주에서 벌어진 비극적인 소식을 들은 화순 시민들이 화순광업소의 다이너마이트와 경찰서의 무기를 싣고 광주로 넘어갈 때 지나야 했던 곳이다. 공수부대가 시민군들이 타고 있던 미니버스에 총격을 가해 많은 사람이 목숨을 잃은 비극적인 장소이다.

　　너릿재 터널 입구의 화순군 쪽 도로에 만들어진 너릿재 공원에 있는 5.18민중항쟁사적비에는 이렇게 쓰여 있다.

　　'1980년 5.18민주화운동 당시 광주의 참상을 알리고 항쟁에 동참할 사람들을 모집하기 위해 수많은 시위 차량들이 이곳을 넘나들었다. 계엄군의 광주 외곽지역 봉쇄작전이 본격화되면서 5월 22일 오후 6시 30분경 7공수여단 병력은 시위대 트럭을 총으로 쏴 정차시킨 후 터널에 밀어 넣고 불을 질렀다. 터널이 봉쇄된 줄 모르고 접근하려던 차량들을 향해 계엄군의 무차별 총격이 가해지면서 상당수의 사상자가 발생하였으며, 걸어서 이곳을 통과하려는 피난민 행렬도 줄을 이었다.'

　　5.18민주화운동은 광주와 경계를 하고 있는 너릿재뿐만 아니라 화순역 광장에서도 그 항쟁의 흔적을 찾을 수 있다.

　　화순역에 가면 한적한 광장 한 편에 5.18민중항쟁사적을 알리는 비석이 세워져 있어서 당시의 상황을 잘 알 수가 있다.

　　화순역 광장은 5.18민주항쟁 당시 화순 사람들이 분연히 일어섰던 곳이다. 1980년 5월 21일에는 오전 11시경 광주에서 넘어온 차량 시위대 200여 명에 의해 광주의 참상이 본격적으로 알려지자 낮 12시경 2천여 명의 화순군민들이 화순역 광장에 모여들어 시위대를 환영하였다. 적극 호응한 청년들은 시위차량에 탑승하여 항쟁에 직접 참여하였으며, 계엄군의 발포에 더 이상

화순역 승강장에서 바라본
철길 모습. 승강장에 서있는
나무들이 사람들에게 시원한
그늘을 만들어주고 있다.

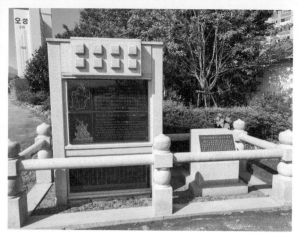

화순역 광장 옆에 5.18민중항쟁
비석이 세워져 있다.

당할 수 없다면서 화순역파출소에서 총기 750여 정, 실탄 6백여
발이 최초로 시민들의 손에 들어간 곳이다. 당시 화순 사람들이
이들에게 빵과 음료수 등 식량을 제공한 현장이기도 하다.

화순역은 경상도와 전라도를 잇는 경전선에 있는 기차역으로,
1930년 12월 25일 보통역으로 영업을 시작하였다. 1934년 화순
광산이 개발되면서 1942년에 역에서 복암광업소까지 가는 화순
선이 개통되면서 화순은 광산도시로 엄청난 호황을 누렸다. 얼
마나 호황을 누렸는지 '거리의 똥개도 돈을 물고 다닌다'라는 말
이 생겨날 정도였다. 그러나 연료로 석탄 대신 석유와 가스를 쓰
기 시작하면서 노다지였던 석탄산업은 쇠퇴 산업으로 분류되었
고, 석탄 생산이 줄어 석탄을 실어나르던 복암선 석탄기차도 멈
추었다. 이제 화순역은 화물열차와 무궁화열차가 다니는 한적한
역이 되었다.

역사를 가로질러 철로를 건너 승강장 나무 밑 의자에 앉아 있
으니 따뜻한 햇살과 언제 들어올지 모르는 기찻길의 풍경이 그
림 속에 들어온 것 같다.

호황을 누리던 때의 북적였던 모습도 보이지 않고 왁자지껄한

인파 소리도 들리지 않지만, 화순역의 화려했던 역사를 품고 있기라도 하듯 멋지게 생긴 소나무가 승강장에 자리잡고 있다. 밑둥치로부터 여러 갈래의 줄기가 뻗어 넓게 퍼진 모습의 소나무인데, 복을 지니고 있다고 해서 다복솔이라고 부르고, 엎어진 모습이 마치 소쿠리 같다고 소쿠리 반(盤) 자와 소나무 송(松) 자를 써서 반송이라고 한다. 기차가 들어오는 승강장에는 지붕이 없어서 이 나무가 여름엔 그늘을 드리워 주고 겨울에는 눈을 막아주는 고마운 화순역 지킴이 역할을 한다. 사람들에게 나무이름을 짓게 하여 '탄송(炭松)'이라는 이름을 붙여주었다. 탄송의 탄(炭)은 '석탄이 기차로 실려 나가는 모습을 지켜보았다'는 뜻이 담겨 있고 나무가 멋있어서 볼 때마다 탄성을 지른다는 뜻도 담고 있다.

삶에 지친 많은 사람들의 몸과 마음을 치유하고 힐링시키는 장소로 사랑받는 너릿재옛길의 숲길과 이제는 시골길을 오가는 고즈넉한 기차역인 화순역은 우리에게 평온하고 기분 좋은 넉넉한 마음을 갖게 한다.

한편으로는 엄중한 삶의 고개를 넘어야 했던 수많은 사람들의 희생을 생각하니 지금 이 순간에도 가슴이 먹먹하다.

동화나라,
작은 숲속 마을에 가다
- 소아르갤러리

소아르갤러리

마당에는 솟대도 있고 아기자기한
조형물이 곳곳에 있다.

소아르갤러리를 가려면 너릿재터널을 지나 유턴한 후 다시 너
릿재터널을 통과해서 30m쯤 가서 우회전을 해야 한다. 터널을
지나 유턴하는 곳의 거리가 길지 않아 처음 이 길을 오는 사람
들은 터널을 나와서 바로 유턴을 하게 되자 잠시 긴장하기도 한
다. 그러나 소아르갤러리에 도착하는 순간, 눈앞에 펼쳐진 동화
속 나라 같은 모습에 긴장감은 눈 녹듯 사라지고 온갖 기대에 부
풀게 된다.

일반적인 미술관이나 갤러리를 생각했다면 탁 트인 야외정원
과 정원 이곳저곳에 전시된 조형물, 카페와 미술관, 온실 갤러
리 등의 경관과 동화 속 나라의 정원에 설치된 조형물의 복합 예
술 공간에 감탄하게 된다.

갤러리의 이름인 '소아르(SOAR)'는 'Space Of Art Research'의
약자이다. '높이 솟아오르다, 언덕 위에서 날아오르다'라는 의미
를 가지고 있는데, 갤러리 마당에 들어섰을 때 설치되어 있는 높
은 돌기둥 위에 설치된 여행가방을 끌고 계단을 오르는 여성의
모습, 돼지를 끌고 씩씩하게 걸어가는 아이의 모습을 보면 왠지

고개가 끄덕여진다.

　소아르갤러리는 조선대학교 미술대학 조소과 교수인 조의현이 세운 곳으로, 산세가 예쁘고 자연 경관이 수려한 화순군 화순읍의 이십곡리가 마음에 들어 5년간 준비해서 복합 문화 공간을 세우게 되었다고 한다. 5년이라는 긴 시간이 걸린 이유는 건축부터 실내 디자인까지 모두 직접 제작하였기 때문이다. 크게는 건물이 4개의 구역으로 나뉘어 있고 각각의 건물은 각각의 디자인으로 연출되어 있다. 작품을 전시하는 갤러리와 스튜디오, 조각 제작실, 그리고 시민들이 자연과 예술을 느끼며 쉬고 힐링할 수 있는 커피숍과 문화 상품 판매 공간인 아트 숍 등이 있다.

갤러리 마당 한 편에는 작은 항아리들이 가지런히 놓여 있다.

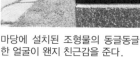
마당에 설치된 조형물의 동글동글
한 얼굴이 왠지 친근감을 준다.

　물론 갤러리 마당에는 다양한 조형물들이 설치되어 있다. 담장 위에서 양복 입은 신사가 소아르갤러리를 소개하듯 손을 뻗고 있는 모습이 묘하게 어울린다. 얼핏 보면 마치 담을 넘으려는 모습 같기도 한데 그러기에는 너무 멋진 모자와 양복차림이다. 돼지를 끌고 팔을 쭉쭉 뻗으며 앞으로 씩씩하게 걷는 남자의 모습은 파란 하늘과 너무도 잘 어울린다. 하늘로 향해 올라가는 모습이 위태로워 보이는 것은 세속에 물든 눈으로 보기 때문일 것이다.

　이곳에는 500여 점의 작품을 소장하고 있으며, 1년에 약 5만 명의 사람들이 찾을 정도로 사랑을 받는 곳이다.

　2012년 5월 26일 갤러리를 개관한 이후로 한 달에 한 번씩 기획전을 개최하고 있다. 기획 초대전은 1년에 두 번 진행하는데, 계층이나 영역, 나이에 제한을 두고 있지 않아 다양한 예술가들에게 문이 열려 있는 곳이다.

　화순이라는 지방도시의 산 속에 위치한 소아르갤러리는 지역 사회와의 협업, 지역 미술 작가들의 글로벌화 등 예술가들의 역할을 넓힐 수 있는 다양한 프로그램을 진행하고 있고, 국제 네

돼지를 끌고 기분 좋게 걸어가는
모습이 너무 활기차 보인다.

트워크 개발을 위해 미술 유통 구조를 다양화하고, 국제 활동을 위한 작가의 역량을 키우는 프로그램도 진행하고 있다.

그러나 소아르갤러리에 더 마음이 끌린 것은 5, 6월에 하는 1박2일 문화캠핑 같은 프로그램이다. 온실 갤러리인 소아리움에서 진행되는 캠핑프로그램은 초등학생 자녀를 둔 3~4인 가족이 1박2일 가족 캠핑을 하면서 가족 동화책도 만들고, 자연생태체험도 하고, 조형물에 옷도 입혀보고, 보드게임도 하면서 지내는 프로그램이다. 숲 속 동화 나라에서 하룻밤을 잔다는 것은 꿈 같은 기분일 것이다. 캠핑을 하면서 여러 가지 체험을 하면 아이들은 잊지 못할 추억 하나를 만들게 될 것이다.

이곳을 찾았을 때 마당 한쪽에서 텃밭을 가꾸는 일을 하던 중년의 사람을 보았다. 마치 집 주인이 정원을 손보듯 하는 모습이 어찌나 자연스러운지, 미술관 하면 왠지 고상하고 뭔가 교양이 있어야 한다는 생각을 갖게 되는 경우가 있는데, 이런 선입견이 없어지고 편안하고 자연스레 소아르의 동화 세계 속으로 스며들어갈 수 있었다.

화순의 산 속에 있는 작은 동화 속 나라인 소아르갤러리에 가면 자연 속에서 힐링도 하고, 동화 속에서 튀어나온 듯, 영화 속에서 본 듯

가을이 깊어지는 날, 단풍으로 물
든 소아르갤러리는 포근하다.

한 친근한 작품들을 만나기도 하고, 젊은 신인 작가의 작품을 보
며 새로운 미술 세계에 빠져들기도 하고, 따뜻한 차 한 잔 마시
며 정다운 이들과 대화를 나눌 수도 있다.

야사리 은행나무

살아 있는 화석으로
홍수를 이겨내다

— 야사리 은행나무

야사리 은행나무의 뿌리 중 일부가
밖으로 드러나 있다.

전라남도를 상징하는 나무는 은행나무이다. 우뚝 서는 기상과 오랜 세월 살아온 전통의 상징성이 있어서 선정되었다. 은행나무는 인간보다 더 오래 전부터 살아왔다. 그래서 은행나무를 살아 있는 화석이라고 부른다. 화석은 죽은 후 오랜 세월 동안 흙 속에 묻혀 돌처럼 변한 것으로, 인간이 살기 이전에 살았던 공룡에 대해 알게 된 것도 바로 공룡의 뼈나 알 등 일부분이 화석으로 발견되었기 때문이다.

은행나무처럼 우리 주변에서 볼 수 있는 살아 있는 화석은 놀랍게도 바퀴벌레이다. 바퀴벌레의 생명력을 생각하면 그럴 만도 하다 싶다.

이서면 야사리에 있는 은행나무는 조선시대 성종 때 이곳에 마을이 생기면서 심은 것이라고 한다. 나이가 대략 500살 정도로 보이며, 높이가 27m나 되고 둘레가 9.12m로 야사리 마을의 한쪽에 우람하게 서 있다.

도로변에서 바로 보이지는 않고 마을쪽으로 강을 따라 조금 걸어 들어가면 골목을 지나서 널찍한 마당에 서 있는 모습을 볼 수 있다. 거대한 은행나무는 옆에 있는 집으로 들어가는 대문이 작아보일 정도이고 마을 앞으로 흐르는 강물을 바라보며 서 있다.

은행나무는 가을에 노랗게 물든 은행잎이 나무를 뒤덮고 있을 때 가장 아름다운 은행나무의 본 모습을 볼 수가 있다. 병충해가 없고 넓고 아늑한 그늘을 만들어주기 때문에 정자나무나 도시에서 가로수로 많이 심고 있다.

가을이 지날 무렵 비바람이 불면 은행나무에 달려 있는 많은 은행들이 떨어진다. 예전에는 은행들을 사람들이 주워갔으나 이제는 불법이라 주우면 안 된다. 사람들이 마음대로 주워가게 하면 땅에 떨어진 것만 줍는 것이 아니라 장대로 나무를 흔들고 찌르기도 해서 나무를 다치게 하기도 했다. 지자체마다 조금씩 다르지만 대체적으로 은행은 주워 가서는 안 된다. 그러다 보니 은행이 많이 떨어진 때는 독특한 은행 냄새가 진동하기도 한다.

우리에게 맛있고 몸에 좋은 열매도 주고 그늘도 만들어주고 아름다운 모습도 보여주니 이 정도 냄새쯤이야 견딜 만하지 않은가.

야사리 은행나무는 몇백 년 동안 자라오면서 오래된 등걸에서 싹이 나와 자라고 있다. 나무 줄기의 중심 부분은 동굴처럼 뚫어져 있고, 나뭇가지 사이에는 혹처럼 생긴 것같기도 하고 짧고 뭉툭한 방망이처럼 생긴 것이 아래 방향으로 자라기도 한다.

오랜 세월 조금씩 조금씩 자라면서 나무는 여러 모양을 만들어낸다.

야사리 은행나무는 계절마다 변화
된 모습을 보여준다.

  야사리 은행나무가 오랜 세월 자라다 보니 은행나무에 얽힌
이야기들이 전해온다. 마을 사람들은 이 나무가 신통력이 있어
서 국운이 왕성하면 잎이 풍성하게 자라 화평을 알리고, 나라에
전쟁이 터지거나 불행한 일이 생기면 우는 소리를 내어 알렸다
고 한다. 그래서 해마다 정월 대보름이되면 제사를 지내고 새해
의 풍년을 기원하고 행운을 빌었다고 한다.

  땅의 좋은 기운을 받고, 따뜻한 햇살을 온몸으로 받으며 꿋꿋
하게 자라온 은행나무는 나무 옆에 도란도란 모여앉은 마을 사
람들로부터 모든 이야기를 들으며 함께 기뻐하고 슬퍼하며 지냈
을 것이다. 울창하게 우거진 은행잎으로는 사람들을 위로하기도
하고 보듬어주기도 했을 것이다.

  올 여름은 전라남도에 내린 집중호우로 화순에 큰 시련을 안
겨주었다. 이례적으로 길었던 장마와 집중호우는 모든 것을 쓸
어내릴 듯한 기세로 퍼부었고, 강은 넘치고 마을은 잠기는 재난
을 안겨주었다.

  은행나무 앞에 흐르는 영신천을 보면 큰 피해를 입은 상처가
아직도 여기저기 흔적을 남기고 있다.

큰 시련을 이겨내고 자리를 지키고 있는 은행나무가 고맙기도
하고 대견하기도 하다.

마을 사람들에게 정신적 버팀목이 되고 있는 야사리 은행나무
는, 몇년 전에 '숲 속의 전남' 만들기 10월의 나무로 은행나무를
선정하면서 더욱 빛을 발하기도 했다.

사람들에게 은행나무는 따뜻한 위로를 주는 나무로 느껴져서,
전라남도에서는 세월호 사건의 희생자들을 영원히 기억하고 상
처받은 사람들을 위로하자는 뜻으로 은행나무 300그루를 심어
기억의 숲을 만들기도 하였다.

화순 야사리 은행나무는 마을이 만들어진 시기를 알려주고 있
는 나무이고, 문화적으로나 생물학적 자료로서의 가치가 높아
천연기념물로 지정되어 보호하고 있다.

야사리 은행나무는 오랜 세월 자라
면서 범상치 않은 모습을 보여준
다.

은행 냄새는 고약하지만 은행 열매는 맛도 좋고 약재로도 널리 쓰이고 있다. 특히 폐 기능을 개선시키는 데 좋아서 천식 환자에게 효과가 있다. 어린이의 야뇨증이나 피로 해소에도 은행만큼 좋은 게 없다고 한다. 다만 은행에 독이 있기 때문에 지나치게 많이 먹으면 부작용을 일으킬 수도 있으니 조심해야 한다.

　옛날에는 책을 보관하는데 은행잎을 쓰기도 하였고, 은행잎의 징코라이드 성분은 혈액순환을 좋게 해주어서 수험생의 집중력을 높이고 노인들의 치매 예방에도 효과가 크다고 한다.

　야사리 마을의 입구에서 거대하게 서 있는 은행나무는 지나온 시간만큼 앞으로도 계속 야사리 마을 사람들과 함께 살아갈 것이다.

야사리 은행나무 앞에 흐르는 영신천 곳곳에 지난 홍수 때 입은 상처가 남아 있다.

2
화순으로 가는 길은
유구하다

...

전설이 전통이 되고, 문화가 되다

공룡발자국화석 산지

화순에
공룡들이 뛰어다닌다
- 공룡발자국화석 산지

화순에서 뛰어놀았을 공룡들의 모습이 귀여워보인다.

이따금 밤하늘에서 별똥별이 떨어지는 모습이 보이고 소문이 퍼지면 한동안 운석을 찾는다는 기사거리가 뉴스에 나오곤 한다. 진주에서 운석이 발견된 이후 더 많아진 현상이다.

2014년 3월 봄, 저녁 무렵 경상남도 진주에서 빛을 내는 물체가 하늘에서 떨어지는 모습이 관측된 후 실제로 밭에서 운석이 발견되어 기삿거리가 된 적이 있다. 해외에서는 1kg당 1억 원이 넘는다는 기사가 나오기도 하고 운석을 주우면 로또 맞은 거라는 이야기가 돌면서 한때 많은 사람들이 운석을 찾아다니기도 했다.

뉴스에 나온 운석을 보면 어디서나 볼 수 있는 돌덩어리로 보인다. 저 돌덩어리가 어찌 그렇게 비싸다는 걸까, 의아하지 않을 수 없다. 그러나 우주를 떠돌던 소행성의 일부가 대기권을 뚫고 지구로 떨어져 발견되었다면 그냥 돌덩어리로는 볼 수 없을 것이다.

그런데 인간이 지구에 살기 이전에 살던 동물이 있다면 믿을 수 있을까. 지금은 아이들이 가장 좋아하는 동물 중 하나인 공룡이, 인간이 지구상에 살기 이전에 지구의 주인이었다.

우리가 한 번도 본 적이 없는 공룡을 어떻게 재현할 수 있었을까. 바로 공룡이 죽은 후 그 사체들이 화석이 되어 곳곳에 남아 있기 때문이다. 그 흔적을 찾다 보면 공룡이 살았던 환경을 알게 된다.

화순은 세계문화유산 고인돌이 있고, 운주사, 쌍봉사 등이 있어서 수학여행으로 자주 찾는 곳이다. 화순으로 수학여행 오는 학생들이 많이 머무는 숙소 중에 금호화순리조트가 있다. 바로 옆에는 화순온천이 있고, 1Km 남짓 떨어진 곳에 서유리 공룡발자국 화석산지가 있다.

화순온천에서도 알 수 있듯이 이곳은 온천개발 지역이었다. 1999년에 화순온천을 개발하기 위해 주변 지역을 답사하던 중에 채석장으로 사용하던 공사현장에서 공룡발자국을 발견하였다.

서유리 공룡발자국 화석이 발견된 곳을 울타리로 보호하고 있다.

공룡이 밟고 지나간 흔적이 화석으로 남아 있다.

전라남도 내륙 지방에서 공룡발자국 화석이 발견되기는 처음이다. 전남대학교 한국 공룡연구센터에 의해서 발굴 조사하고 그후 수차례에 걸쳐 발굴, 학술 조사를 한 후에 지금의 모습을 갖추게 되었다.

울타리 옆의 안내판에 공룡발자국화석에 대한 설명을 보면 아하! 이게 공룡발자국이구나 하는 탄성이 절로 나온다.

지금은 천연기념물로 지정되어 있지만 발굴 전이나 발굴 초기에 채석장에서 공룡발자국을 구분하는 것은 매우 힘든 일이다.

온천을 발굴하려던 채석장에서 공룡발자국이 발견되었다. 이곳은 유네스코에서 지질공원으로 지정하였다.

공룡발자국은 가까이서 보면 어디가 발자국인지 알아볼 수 없을 정도로 발자국을 구별하기 힘들었다. 거리를 두고 적당히 떨어져서 바위 전체를 보다 보면 그제서야 커다란 바위에 둥그스름하게 움푹 파인 모습이 일정하게 나 있는 것이 눈에 들어오고 그것이 공룡발자국임을 깨닫게 된다.

어른들 눈에는 그저 바위에 찍힌 흔적으로 보여 시시해 보일 수도 있지만, 마냥 공룡이 친근한 어린이들에게 이곳은 너무나 소중한 교육의 현장이다.

단단한 바위에 꾹꾹 찍어 누르듯 새겨 있는 공룡발자국 화석을 보다 보면 인간이 지구에 나타나기 이전에 지구의 주인으로 살았을 공룡의 세계를 상상하게 된다.

운주사

천불천탑에 담은
기도를 듣고
와불이여, 일어나소서
— 운주사

운주사의 석재군. 운주사 여기저기
에 흩어져 있던 석불, 석탑의 부분
들을 모아 놓았다. 천불천탑의 흔
적들이라 생각된다.

　일주문을 지나 사천왕이 지키는 천왕문을 통과하면 마당 한가
운데 탑이 있고 탑 주위로 대웅전, 명부전, 약사전 등 건물이 들
어서 있는 모습이 일반적인 절의 모습이다.

　그러나 운주사에 가면 일반 절에 있는 천왕문도 없고 사천왕
도 없다. 운주사 경내로 들어가 잔디밭 길을 걷다 보면 9층 석탑
이 다이어트한 모습으로 날씬하게 서 있다. 그래도 9층 석탑은
날씬하긴 해도 우리가 알고 있는 석탑의 모습을 하고 있다. 그
러나 교과서에서 많이 보던 단아한 탑의 모습을 보다가 호떡같
이 생긴 탑과 항아리처럼 생긴 탑을 보는 순간, 무슨 탑이 저렇
게 생겼지? 정말 탑 맞아? 그냥 돌을 얹어 놓은 건가 등등의 생
각이 든다.

　이뿐만이 아니다. 대웅전까지 가는 길 양쪽에는 시루떡처럼
포개진 바위 앞에 툭툭 무심하게 세워놓은 불상들이 오랜 세월
비바람에 씻기고 깎인 채 바위에 기대 서 있다. 부처님 모시듯이
반듯하고 정갈하게 모셔 놓은 게 아니라 그저 세워놓을 곳이 없
었나 싶은 생각이 들 정도로 바위에 비스듬히 기대어 놓은 것이

무심해도 너무 무심해 보인다.

탑들 사이에 놓인 돌집 안에는 불상 두 구가 앉아 있는데 서로 등을 맞대고 있다. 안에 있는 불상이 너무 큰 건지 아니면 돌집이 너무 작은 건지 모르겠지만 꽉 차게 들어앉은 불상의 모습을 보기 위해서는 허리를 숙여 안을 들여다볼 수밖에 없다.

마침 두 남녀가 부처님께 기도를 하고 있어서 방해가 되지 않도록 멀찍이 떨어져 있었다. 금방 끝날 줄 알았던 기도는 생각보다 길어지고, 나도 모르게 두 사람의 진지한 기도 모습을 바라보자니 천불천탑의 부처님 세계인 운주사에서 기도를 하면 분명 소원이 이루어질 것 같다는 생각이 들었다.

천태산 서쪽에 자리잡은 운주사를 감싸고 있는 산은 영귀산이다. 작고 낮은 산이지만 지형이 거북이 모양이라 영귀산이라고 한다. 운주사의 일주문에도 '영귀산운주사'라고 쓰여 있고 운주사의 구름 운 자인 한자가 재미있게 쓰여 있다. 천불천탑의 운주사로 더 알려져서 천불산운주사로 부르고 있다.

운주사는 신라시대 고승 아도화상이 세웠고, 통일신라시대 도선국사가 중창하고 천불천탑을 세웠다고 전해지고 있다. 운주사 절의 형태가 배의 모습을 하고 있어서 배의 돛대와 사공을 상징하는 천불과 천탑을 세웠다고 해서 천불천탑이라고 부른다.

오랜 세월 지나는 동안 인근에 사는 사람들은 이곳의 탑이나 불상을 헐어서 묘지 상석을 만들기도 하고 주춧돌이나 섬돌로 쓰기도 했다고 한다. 더구나 임진왜란 때 법당과 석불, 석탑이 많이 훼손되고 폐사로 남아 있던 것을 1918년에 시주를 받아 중건하게 되었다. 그러다 보니 오래 된 절인데도 불구하고 전각보다는 천불천탑으로 널리 알려져 있다.

운주사는 배의 형태를 하고 있는데, 9층 석탑이 돛대 역할을 한다.

『동국여지지』에 보면 고려시대 혜명(惠明)스님이 석공 1,000여 명과 함께 천불천탑을 만들었다고 기록되어 있는데, 이 혜명스님은 고려시대 광종 때(970년) 관촉사의 대불을 만든 혜명(慧明)스님과 같은 사람으로 보고 있어서 운주사가 고려 초에 세워졌음을 뒷받침하고 있다.

조선시대 성종 12년(1481년)에 처음 편찬되고 중종 25년(1530년)에 다시 보완되어 만들어진 『동국여지승람』의 능성현조에 보면 이런 글귀가 나온다.

'운주사는 천불산에 있다. 절의 좌우 산마루에 석불과 석탑이 각각 1,000개가 있고, 또 석실이 있는데 두 석불이 서로 등을 대고 앉아 있다.'

이 기록을 보더라도 천불천탑의 유래를 짐작할 수가 있다.

지금은 천불천탑의 모습은 볼 수 없지만 석탑 21기와 석불 93구가 그나마 아쉬움을 달래주고 있다.

운주사 9층 석탑(보물 제796호)

운주사를 전체로 보면 배의 모습을 하고 있어서 9층 석탑이 배의 돛대 역할을 하고 있다고 한다. 높이가 10.7m인 9층 석탑은 운주사에서 가장 높은 석탑이다. 옆면에 새겨진 꽃 문양이 이색적으로 느껴지고, 길게 이어진 운주사 경내를 거닐다 보면 배의 돛대 역할을 하고 있음을 알 수 있다. 이 석탑은 거대한 암반 위에 세워져 있고, 탑의 몸체에 기하학적인 무늬가 가득 조각되어 있다. 날씬하게 쭉 뻗어올라간 모습이 운주사에

있는 석탑들 중에서는 가장 훌륭해 보인다. 특히 지붕의 모습을 하고 있는 옥개석 아랫면의 사선 무늬나 탑신의 활짝 핀 꽃 무늬는 일반적인 탑에서는 볼 수 없고 이곳에서만 볼 수 있는 독특한 무늬이다.

– 운주사 석조불감(보물 제797호)

배의 돛대 역할을 하는 9층 석탑을 지나 길게 이어진 마당을 따라 들어가면 돌집 모양의 석조불감을 만나게 된다. 운주사의

운주사 입구인 일주문과 대웅전 모습.

중앙에 자리잡고 있어서 석조불감이 중심을 잡고 있는 것 같다. 석조불감은 돌로 만든 부처님 집이란 뜻으로, 불감은 불상을 모시기 위해 만든 집이나 방을 뜻한다. 운주사 석조불감은 높이가 507cm, 넓이가 363cm로, 안에 석불 두 분이 벽을 사이에 두고 서로 등을 대고 있다. 집이 작은 건지 석불이 큰 건지 알 수 없지만 꽉 들어차게 앉아 있어 부처님 얼굴 보고 인사라도 드리려면 가까이 다가가야 한다.

돌집 안에 석불좌상 두 분이 벽을 사이에 두고 서로 등을 대고 앉아 있다. 각 석불 앞에는 연화탑과 7층 석탑을 두어 부처님을 모신 건물인 금당 앞에 석탑을 놓는 기본적인 절의 배치 형식을 따르고 있는 모습이다.

동국여지승람에서도 불감 안에 석불 두 분이 등을 맞대고 있음을 강조하였듯이 천불천탑의 중심 역할을 한 것이라는 생각이 든다.

불감 안에 있는 석불 중 절터의 입구를 향한 남쪽 불상을 살펴보면, 머리 부분인 육계 부분이 파손되었고 대체로 둥글둥글한 모습을 하고 있고, 눈에서 입 부근까지 길다랗게 표현한 부처님

운주사 곳곳에 탑과 불상이 놓여 있다. 천불천탑이 어떠했는지 짐작이 간다.

귀의 모습을 하고 있다. 손은 오른손을 배에 대고 왼손을 무릎 위에 얹은 모습으로 석가모니 부처님의 손 모습을 하고 있다.

북쪽 불상은 원형다층석탑을 바라보고 있는데, 역시 모나지 않은 둥글둥글한 모습을 하고 있다. 손의 모습은 남쪽 불상과 달리 가슴에 손을 모으고 있는 모습을 하고 있다.

오랜 세월 탓인지 여기저기 보수된 곳이 보인다.

– 운주사 원형다층석탑(보물 제798호)

호떡탑이라는 별명이 붙여진 이 탑은 석조불감 북쪽에 있는 탑으로, 우리가 보통 절에서 볼 수 있는 탑의 모습이 아니다. 한국 석탑에서 특이한 형태를 보여주는 귀중한 탑이라고 한다.

둥글둥글한 돌을 툭툭 얹어서 탑의 모습을 하고 있는데 누가 이런 생각을 했을까 싶은 궁금증이 생긴다.

탑은 부처님이 돌아가신 후 부처님 몸에서 나온 사리를 보관하기 위해 세운 것으로, 부처님의 몸이 영원히 머무는 곳이다. 부처님의 집이니 엄중하게 지어야 할 것 같은데, 둥글둥글한 돌을 지붕돌로 대신한 것을 보니 부처님이 아주 멀리 있는 분이 아니라 바로 우리 곁에서 늘 우리와 함께할 것 같은 친근함이 든다.

– 와불

통일신라 말기 도선국사가 하룻밤 사이에 천불천탑을 세우면 새로운 세상이 열린다는 예언을 믿고 하늘에서 선동 선녀를 불러서 탑과 불상을 세우기 시작했다. 공사가 끝나갈 무렵 일하기 싫어한 동자승이 "꼬끼오!" 하고 닭소리를 냈다. 그러자 선동 선녀들이 모두 날이 밝은 줄 알고 하늘로 가버려 결국 불상을 세우지 못하고 와불로 남게 되었다고 한다. 와불이 일어나는 날 새로운 세상이 열린다고 하니 누워계신 부처님께서 벌떡 일어나 새로운 세상을 열어보기를 기대해 본다.

호떡탑이라는 별명이 붙은 원형다층석탑과 항아리탑이라는 별명이 붙은 원구형석탑.

목탑의 집에
부처님을 모시다

— 쌍봉사

쌍봉사

사천왕의 모습.

　불교가 인도에서 중국, 한국을 거쳐 일본으로 전해지면서 탑이나 불상도 각 나라의 환경에 맞게 정착되었다. 탑의 경우 중국에는 흙을 구워 만든 벽돌로 세워진 전탑이 많고, 한국에서는 처음에는 목탑이 전해졌다가 불에 타버리는 일이 많아지자 점차 석탑으로 자리매김하게 되었다. 한국에서 불교가 전해진 일본에서는 목탑이 자리잡게 된다.

　석탑이 대부분인 우리나라에서 특이하게 목탑의 모습을 잘 보여주고 있는 대웅전이 있는데, 바로 쌍봉사의 대웅전이다. 보통 앞이 3칸으로 되어 있는 것과 달리 쌍봉사 대웅전은 앞면과 옆면이 1칸으로 되어 있고, 3층 목탑 형식으로 되어 있어서 독특한 모습을 하고 있다. 재료가 나무로 되어 있다 보니 불에 약한데 대웅전 역시 1984년에 불에 타버린 것을 1986년에 다시 복원하였다. 이렇게 목탑의 모습을 간직하고 있는 절이 또 있는데, 바로 법주사 팔상전이다.

　쌍봉사는 이양에서 보성으로 가는 길에 왼쪽 계당산 자락에 자리잡고 있다. 절의 앞과 뒤에 봉우리가 두 개 있다고 해서 쌍봉사라고 붙여졌다.

통일신라시대인 839년에 처음 세워졌는데, 847년(문성왕 9년)에 당나라에 유학 갔다가 귀국한 철감선사가 이 절에서 선문9산(승려들이 중국에서 달마의 참선법을 받아서 만든 아홉 산문)의 하나인 사자산문을 시작하고, 세력을 널리 퍼뜨렸다. 철감선사의 이름이 널리 퍼지자 경문왕이 궁중으로 불러 스승으로 삼았다.

철감선사의 휘(이름)는 도윤으로, 성은 박씨이고 호는 쌍봉이다. 18살에 출가하여 귀신사에서 화엄경을 공부하였으나, 경전 공부보다 참선을 통한 깨달음이 중요하다고 생각해서 당나라로 갔다. 유학에서 돌아와서는 금강산에 머무르며 제자를 가르쳤다. 철감선사가 죽을 때 오색 광명이 입에서 나와 공중으로 퍼져나갔다 하여 서기만천 철감국사라고도 한다.

쌍봉사에는 3층 목탑 모습을 한 대웅전, 지장전, 극락전과 철감선사 초상화를 모신 호성전, 국보 제57호인 철감선사탑과 보물 제170호인 철감선사탑비가 있다.

특히 대웅전 안에 모셔진 목조삼존불상 중 석가모니 부처님의 제자 아난존자와 가섭존자가 배치되어 있는데, 두 손을 모아 깍지를 낀 자세로 서 있

3층 목탑처럼 생긴 대웅전.

철감선사탑비로 철간선사에 대한 내용이 적힌 비석은 없어지고 거북이 모양의 귀부(아래)와 용 모습을 한 이수(위)만 남아 있다.

는 가섭존자의 눈과 입가에 띤 미소는 보는 이도 따라서 미소짓게 하는 매력을 지니고 있다.

철감선사탑은 우리나라 석조 부도 중 가장 아름다운 우수한 작품으로, 868년(경문왕 8년)경에 만들어진 것으로 보인다.

부도는 승려의 사리나 유골을 모셔 놓은 일종의 무덤이다. 절에 가면 대웅전 앞에는 탑이 있고, 절 뒤편으로 돌아가면 탑처럼 생긴 것들이 많은 것을 볼 수 있다. 이것은 탑이 아니라 스님들의 무덤으로, 부도라고 부른다.

쌍봉사 안 북쪽에 있는 철감선사탑은 8각으로 이루어진 원형 부도다. 신라의 부도 가운데 조각과 장식이 가장 화려한 최대의 걸작품이다. 밑돌에 새겨진 구름 위에서 저마다의 자세로 앉아 있는 사자와 윗돌에 새겨진 가릉빈가의 모습이 뛰어나다. 특히 막새기와 안에 연꽃무늬를 새긴 솜씨는 당대 최고의 실력을 갖춘 조각공의 신의 경지에 오른 솜씨를 보여주고 있다.

철감선사탑 근처에 있는 철감선사탑비는 신라 말에 만들어진 작품으로 비신은 없어지고 귀부와 이수 부분만 남아 있다. 가장

철감선사탑

중요한 비석의 중심인 비신이 사라져서 아쉽지만 여의주를 물고
엎드려 오른쪽 앞발을 살짝 들고 있는 거북이 모습의 귀부와 용
조각 대신 구름무늬로 뒤덮은 이수를 보고 있자니, 곧 거북이가
나에게로 다가올 것만 같은 생동감 넘치는 조각의 입체감이 방
문객을 압도하고 있다.

해맑은 미소로
마음을 위로하다
– 벽나리 민불

벽나리 민불

벽나리 민불은 이용대체육관 바로
옆에 있다.

　화순은 70% 이상이 산으로 되어 있고 화순읍 아래 능주 쪽으
로는 꽤 넓은 평야가 이루어져 있다. 화순읍의 5일장을 보고 벽
나리 미륵불을 찾아가는 길에 황금빛이 일렁이는 논이 펼쳐진
다. 아늑한 곳에 자리한 화순역과 철도를 지나면 넓은 들판에 대
형 종합체육관이 보인다. 배드민턴 전 국가 대표 선수인 이용대
선수가 2008 베이징올림픽에서 금메달을 딴 것을 계기로, 화순
군을 배드민턴의 메카로 만들기 위해 세워진 이용대체육관이다.
　이용대체육관과 화순소방서 사이에 있는 논 가운데 낮으막
한 언덕 위에 느티나무 두세 그루가 서 있는데, 나무 사이에 선
한 얼굴을 한 석불상 한 기가 서 있다. 마치 나무가 석불을 보호
하고 있는 모습이다. 이 석불상이 바로 벽나리 민불이다. 석불
상 옆에 있는 안내문에는 ‘대리석불입상’이라고 되어 있다. ‘화순
벽나리 민불’로 널리 알려져 있는데, 2004년 전라남도 문화재로
지정되면서 ‘화순 대리석불입상’으로 이름이 바뀌었다.
　벽라리(碧蘿里)의 마을 이름은 벽(碧) 자와 나곡(蘿谷)마을의 나
(蘿) 자를 합해서 벽라리라 하였다. 벽라리는 하천마을과 나곡마

을의 자연마을로 이루어져 있다.

　하천마을의 뜻은 새우 하(鰕) 자를 써서 하천이라 하였는데, 이곳이 바닷가라 새우들이 많이 생산되어서 하천(鰕川)이라 하였다고 한다.

　이 석불은 높이 350cm의 자연석에 가까운 돌기둥을 사각형으로 다듬어서 만들었는데, 폭이 85cm, 두께가 45cm 가량 된다. 뒤쪽에서 보면 자연석으로 보이며, 앞면에는 얼굴 모습을 돌을 새김을 하고 나머지 몸 부분은 선으로 새겨서 처리하였다.

　넓적한 코, 부라린 눈을 보면 마을 어귀에 세워놓은 장승을 보는 듯하고, 턱과 구분되지 않고 바로 어깨로 연결되는 모습은 돌로 만든 장승인 석장승에서 흔히 보는 기법이다. 마을 사람들은 이 모습을 보고 미륵불이라고도 한다.

2008 베이징올림픽에서 금메달을 딴 이용대 선수의 이름을 붙인 이용대체육관.

그런데 몸 부분을 보면 예사롭지가 않다. 오른쪽 손을 가슴에
대고 왼 손은 배 밑으로 내려 연꽃을 들고 있어서 관음보살상으
로 보이기도 하지만 관음보살을 나타내는 보관이 없어서 정확하
지는 않다.

벽나리 민불은 도로 옆에 있는 들판에 있다. 들녘의 풍요로움을 기원이라도 하듯 들판을 바라보고 있다.

이렇듯 벽나리 민불은 부처님 모습을 하고 있기도 하지만 장승의 특징을 보이고 있어서 불교와 민간신앙이 섞여 있는 유적으로 유명하다.

동그란 머리에 살며시 미소짓고 있는 눈매, 어디서나 쉽게 볼 수 있는 뭉툭한 콧망울, 통통한 볼과 살짝 웃고 있는 자그마한 입을 보고 있으면 이웃집 아이의 해맑고 귀여운 천진난만한 얼굴을 보고 있는 것 같다.

민불 곁에 있는 큰 나무를 보면 옛날에 이곳에서 마을 제사를 지냈을 것으로 생각된다. 들녘에서 일하다 당산 나무 밑에 앉아 쉬기도 하고 새참을 먹기도 했을 것이다.

예전에 이곳을 처음 찾았을 때 3대가 모여 앉아 쉬고 있던 가족 모습이 생각난다. 벽나리 민불의 위치를 물으니 인자한 미소를 띠며 손으로 민불을 가리키던 어르신의 환한 얼굴이 민불의 해맑은 미소와 닮아 보이는 것은 나만의 생각일까.

단풍나무숲 깊숙이
전설이 전해져 온다
- 유마사

단풍이 짙게 드리운 유마사 숲길은
가을이 가득하다.

　화순에서 고흥 가는 버스를 타고 사평을 지나가다 보면 한 폭
의 산수화를 생각나게 하는 자연을 만나게 된다. 시원한 가로수
길을 한참 가다가 보면 왼쪽에 유마사가 있다. 계곡의 물소리를
따라 올라가다 보면 쓸쓸한 모습의 대웅전과 돌다리만 남아 있
는 것이 보인다.

　백제시대(627년) 당나라 사람 유마운이 창건하였다고 하는 유
마사에 옛 중국의 요동태수 유마운(維摩雲)과 그의 딸 보안(普安)
의 사연이 전해져 온다.

　태수 유마운에게 천재 소녀로 이름난 딸 보안이 있었다.

　어느 날 태수 유마운의 친구인 진성주가 죽어서 상갓집에 가
려고 집을 나서는데 딸 보안이 아버지를 붙잡았다.

　"아버지, 오늘 상갓집에 다녀오실 때 상갓집 뒤쪽 담벼락의
일곱 번째 기왓장 밑에서 아버지 친구의 업신(業身)이 기다리고
있을 테니 꼭 만나고 오세요."

　유마운은 초상집에 가서 죽은 친구를 애도하고 나오는 길에

딸이 말한 게 생각나 슬며시 마당을 지나 뒤쪽 담벼락 옆으로 바싹 다가섰다.

하나, 둘, 셋…… 일곱 번째 기왓장을 살며시 들어올렸다.

그 순간 기왓장 밑에서 일곱 똬리를 틀고 있는 커다란 황구렁이를 보고 뒤로 나가떨어졌다.

'친구가 황구렁이라니…… 꿈인가 생시인가 도대체 무슨 일인지 모르겠다.'

황당해하며 유마운은 집으로 돌아와 딸에게 죽을 뻔한 자초지종을 말하였고, 듣고 있던 보안이 말했다.

"아버지 친구는 일곱 고을 성주를 할 때 어진 정치를 하여 사람들에게 존경받지 않았습니까? 하지만 아버지는 열세 군데 태수를 하면서도 임금에게 잘 보이려고 사람도 죽이고 백성의 원성도 자자했습니다. 그러니 아버지 친구가 일곱 똬리의 황구렁이가 되었다면 이제 아버지는 열세 똬리를 한 먹구렁이가 되지 않겠습니까."

유마운은 얼굴이 파랗게 질렸다. 자기가 저지른 일을 생각하니 곧 죽을 것만 같았고 죽으면 먹구렁이로 변할 것만 같았다.

"보안아, 어찌하면 좋겠느냐? 이러다 당장 죽을 것만 같구나. 내가 먹구렁이라니, 이를 어찌할꼬."

"아버지, 한번 저지른 일을 후회하지 마시고 제가 하자는 대로만 하시면 평안을 얻게 되실 겁니다."

"후회가 다 뭐냐? 평안하게만 된다면 돈이고

유마사 이름이 새겨진 표지석.

태수고 하나도 필요 없다. 어찌하면 되겠느냐."

"좋습니다. 그러시다면 아버지의 모든 재산을 오늘 저녁 안으로 저에게 주십시오."

이렇게 해서 유마운은 욕심 사납게 모아놓은 모든 재산을 딸 보안에게 주었다.

다음 날 보안은 일가친척들과 마을사람들을 모아놓고 잔치를 베풀고 그 자리에서 모든 재산을 골고루 나눠 주었다.

그러고 나서 보안은 아버지를 모시고 길을 떠났다. 한 나라의 태수로 부귀영화를 누리던 유마운은 하루아침에 알거지가 되어 딸을 따라 길을 나섰다.

며칠을 걸었는지 유마운은 지치고 다리가 아파 더 이상 걸을 수가 없었다. 뱀이 싫고 무서웠지만 지금이 너무 고통스럽다 보니 은근히 지난 일이 후회가 되었다.

달빛이 밝게 비치는 어느 날 밤, 유마운은 딸과 함께 달빛이 차갑게 비친 압록강을 건너게 되었다. 조각배를 빌려 타고 강을 건너는데, 중간쯤 오자 갑자기 세찬 바람이 불었다. 배가 몇 바퀴 요동치더니 그만 물속으로 가라앉기 시작했다.

그런데 딸 보안은 발이 젖지 않고 물 위에 동동 떠 있는 것이 아닌가.

"사람 살려! 보안아! 나 죽는다. 나 죽어……."

"아버지, 아직까지 미련이 있으십니까. 제발 미련을 버리십시오."

그때 달빛에 비친 유마운의 머리에서 반짝거리는 것이 있었다. 상투 끝에서 보석 하나가 달빛에 빛나고 있었던 것이다. 그것은 딸 몰래 숨겨둔 값진 보물이었다.

배는 점점 더 가라앉고 있었다. 유마운은 눈물을 흘리며 보석을 머리에서 떼어내 멀리 던져버렸다.

그러자 물 속 깊이 가라앉던 배가 스르르 떠올라 마침내 강을 무사히 건널 수 있었다.

"아버지, 이제 아버지는 영생을 얻게 되셨습니다. 죽음과 이별의 고통이 없는 영원 속에 편안히 안식할 날이 올 것입니다. 그러니 아무 걱정 마시고 저를 따라 오십시오."

"보안아! 미안하고 고맙구나. 어리석은 아버지를 용서해다오."

유마사 해련부도

　아버지와 딸은 몇날 며칠을 걷고 걸어 겨우 편히 쉴 터전을 마련했으니, 그곳은 바로 조선 땅에서도 남녘 깊은 산골짝으로 멀리 다도해가 넘실거리는 전남 화순군 동복면에 있는 모후산의 기슭이었다. 그곳에 자리잡은 유마운은 삼태기 장사를 하며 하루하루 살아갔다.

　한편 중국에서는 유마운 태수에 관한 소문이 날로 퍼져 마침내 임금님의 귀에까지 들어가게 되었다. 태수를 찾으려고 방을 붙이는 등 애를 썼으나 조선 땅 한 구석에서 삼태기 장사를 하는 유마운을 찾아낼 사람은 없었다.

보안의 나이 16살 되던 해 어느 날이었다.

전라도 무진 고을 원님이 순행을 나왔다가 이 소문을 듣고 모후산을 찾았다. 과연 그곳에 한 거사와 딸이 살고 있었는데, 허연 수염을 한 시골 노인의 모습을 한 거사는 조선 사람이 아닌 중국 사람임에 틀림없었다.

원님은 쌀과 소금과 옷을 보내고, 그들이 편히 쉴 수 있도록 대여섯 채의 절을 지어주고, 평생 먹고 살 수 있도록 산과 전답을 마련해 주었다.

절은 날로 번성하여 찾아오는 손님도 많아지고, 공부하려고 오는 스님들도 적지 않았다. 그러나 대부분 조용한 곳을 찾아 공부하러 온 이들이 많았기 때문에 많은 사람들을 받을 수도 없었다. 그래서 해인사에서 온 젊은 스님을 부전스님으로 봉하였다.

그러나 부전스님은 공부에는 생각이 없고 보안의 뒤만 따라다니는 것이었다. 보안이 하는 일은 한사코 같이 하려 하고 보안의 말이면 무조건 따랐다.

그러던 어느 날 유마운이 세상을 떠났다.

보안은 부전스님과 같이 지극 정성으로 장례를 치렀다. 넓은 도량에는 젊은 여자 한 사람과 젊은 남자 한 사람뿐이었다.

이제 부전스님에게는 아무것도 거리낄 것이 없게 되었다. 밤마다 경내를 배회하며 서성대는 부전스님의 들뜬 행동은 금방이라도 무슨 일을 저지를 것만 같았다.

보안은 참다못해 편지를 썼다.

<내 일찍부터 스님의 마음을 모르는 바 아니오나, 우리는 출가한 사람들이 아닙니까? 그러나 스님께서 진정으로 저를 필요로 하신다면 아까워 드리지 못할 것이 없사오니, 내일 저녁 열두 시에 아랫마을 하천으로 나와 주십시오. 뜻이 맞으면 부부의 연을 맺고 평생 해로를 하겠습니다. 오실 때는 꼭 잊지 마시고 고운 채 하나만 가지고 나오십시오.>

편지를 받아 본 부전스님은 뛸 듯이 기뻤다.

다음 날 밤에 약속시간 전부터 나와 기다리는 부전스님의 마음은 한껏 부풀었다.

보안이 걸어 내려오는 모습이 마치 선녀 같았다. 인간계의 사람은 아닌 듯싶었다.

"일찍 나오셨군요. 이렇게 밤길을 멀리 나오시라고 해서 죄송합니다."

그러나 부전스님은 무엇이라고 대답을 해야 좋을지 몰랐다.

"채, 여기 가져왔습니다."

"스님, 저 물속에 둥근 달이 보이지요? 저 달을 이 채로 건져 내는 것입니다. 스님이 달을 건지고 저도 그 달을 건져도 좋고, 둘이 다 건지지 못해도 좋습니다. 그러나 스님께서 건지지 못하고 제가 건지면 우리들의 약속은 없는 것이 됩니다. 어떻습니까? 스님 그렇게 하시겠습니까?"

스님이 생각해 보니 보안이 어떻게 물속의 달

짙게 드리운 유마사 숲길은 가을이 가득하다.

을 건지겠는가. 절대 건질 수 없다는 생각이 들었다.

"좋습니다. 보안 낭자께서 건지지 못하면 분명히 제 아내가 되는 것입니다."

"네, 꼭 그렇게 하겠습니다. 그럼 스님께서 먼저 달을 건져 보십시오."

부전스님부터 달을 건지기 시작했다. 그러나 아무리 채를 물속 깊이 집어넣고 달을 건져도 달은커녕 채 사이로 물 빠지는 소리만 들렸다.

부전스님은 안 되겠다는 듯이 채를 보안에게 건넸다.

보안은 채를 받아들고 물속 깊이 잠겨 있는 달을 한참 바라보더니 두 손으로 채를 꼭 붙들고 물 속 깊이 넣었다가 들어올렸다. 둥그런 달이 채 안에 두둥실 담겨 있지 않은가! 참으로 놀라운 모습이었다.

스님은 경이롭기도 하고 너무 아름다워 입을 다물지 못하고 부끄러움에 어찌할 바를 몰라 했다.

"스님, 이제는 어쩔 수 없습니다. 앞으로 제 생각은 꿈에라도 하지 마십시오."

스님은 자신의 속된 마음이 너무 창피하기도 하고 부처님 뵐 면목도 없었다.

그 후 스님은 모든 일에 흥미를 잃더니 깊은 마음의 병에 걸리게 되었다. 아무 약도 소용이 없었다. 이를 고칠 수 있는 것은 오직 보안뿐이었다.

어느 날 보안은 그를 법당으로 불렀다. 그리고 법당 안에 모셔진 탱화를 떼어 바닥에 깔고 주섬주섬 옷을 벗어 그 위에 던졌다.

"스님을 보니 너무 안타까워 내 몸을 바치기로 했습니다. 스님도 옷을 벗으세요."

"그것은 탱화가 아닙니까? 아무리 그래도 탱화를 깔고 누울 수야 있겠습니까?"

"할*! 너는 그림에 불과한 부처는 무섭고 진짜 살아 있는 부처는 무섭지 않느냐?"

보안이 큰소리로 꾸짖으며 깔고 앉았던 탱화를 들어 밖으로 던지니 연꽃으로 변했다.

부전스님이 깜짝 놀라 정신을 차리고 밖을 내다보니, 보안은 빨간 연꽃을 타고 멀리 하늘로 사라지는데 자세히 보니 백의관세음보살이었다.

"아, 내가 미쳤구나. 관세음보살의 화신을 몰라보고 어리석은 생각을 했다니······."

스님은 후회와 참회를 거듭하다가 마침내 불법을 깨우치게 되었다.

사실 보안은 부전스님의 전생의 벗으로 먼저 성불하는 사람이 이끌어 주기로 약속한 사이였다. 그녀는 평소 지혜를 닦고 남을 도와주는 데 온갖 정성을 다 쏟더니, 그 공덕으로 부잣집 외동딸로 태어나 세상에 이름을 떨치고, 친구를 구하기 위하여 멀고 낯선 곳까지 와서 온갖 고초를 겪으면서 구원을 했던 것이다.

부전스님은 은혜에 보답하기 위해서 온갖 지혜와 정열을 다해 불법을 닦고 폈으며, 또 그 절 이름을 보안의 아버지 유마운의 호를 따서 유마사라 부르고, 보안이 있던 방을 보안당이라고 했다. 보안이 치마폭에 싸서 옮겨 놓았다는 다리는 보안교라고 하는데 지금도 그 돌다리가 남아 있다.

유마사는 유마운을 이은 선사가 잇달아 나타나 부근에 지은 귀정암, 사자암, 금릉암, 은적암, 운성암, 동암, 오미암, 남굴암 등의 8암이 있었고, 스님들의 수도장으로 이용하였다. 17세기 무렵 경헌스님이 절을 중건했고 그로부터 50년 뒤에 가안선사가 나한상을 만들었는데 가안선사가 만든 나한상은 특히 예술성이 뛰어나 세상에 보기 드문 작품이었다고 한다.

유마사의 대웅전을 대신하고 있는 관음전

지금은 사람들에게 전설로 전해지는 유마사에 얽힌 얘기지만 현실의 무게에 짓눌려 하루하루가 버거운 삶을 살아가는 우리들에게 가끔은 어깨의 짐을 내려놓는 삶이 어떤 것인지 뒤돌아보게 하는 이야기이다.

요사채 안쪽으로 작은 샘물이 흐르는데 바로 보안이 달을 건져 냈다는 제월천이다. 잠시 앉아 달을 건져올린 보안의 마음을 한번 느껴보고 싶다.

– 유마사 해련부도(보물 제1116호)

부도는 승려의 무덤으로, 그 유골이나 사리를 모셔두는 곳이다. 유마사 입구에 있는 이 부도는 고려시대 작품으로, 원래 유마사지 서쪽 산 경사면에 있었던 것을 1981년 지금의 위치로 옮겨 왔다.

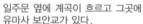

일주문 옆에 계곡이 흐르고 그곳에 유마사 보안교가 있다.

부도에 '해련지탑(海蓮之塔)'이라는 글자가 새겨져 있어서 해련 스님의 사리가 모셔져 있음을 알 수 있으나 해련스님에 대한 자세한 내용은 알려지지 않고 있다. 탑신의 몸돌에는 앞뒤에 문짝 모양을 새겼는데, 앞쪽 문에는 문고리까지 장식되어 있고, 그 윗부분에 '해련지탑'이라는 글자가 새겨져 있다. 해련부도는 도굴범들에 의해 훼손되어서 흩어져 있던 것을, 1981년 화순군에서 복원하였다.

– 유마사 보안교

'모후산유마사'라는 이름이 써 있는 일주문 옆으로 흐르는 계곡에 보안교가 있다. 일반적인 다리를 생각하면 '다리가 어디 있지?'라고 생각할 수도 있다. 일주문 옆에 아주 큰 돌 하나가 좁지 않은 계곡을 가로질러 놓여 있고, 다리 앞뒤는 쇠막대로 가로막아 건널 수 없게 되어 있다. 숲이 우거져 옆에 안내판이 없다면 그냥 일주문을 지나가도 모를 수 있다.

다리 위에는 두 개의 명문이 있는데, 가을 단풍이 소복이 쌓여 글씨는 볼 수 없었지만 전설로 내려오는 이야기를 다시 생각나게 한다. 계곡 아래쪽에는 '維摩洞天普安橋(유마동천보안교)'가 써 있고, 계곡의 북쪽에 '觀世音菩薩 梁蓮浩(관세음보살 양연호)'라고 써 있다. 관세음보살 옆에는 한글로 '관세음보살'이라고 써 있고, 그 밑에 작은 글씨로 '白雲居士書(백운거사서)'라고 쓰여 있다.

전통적인 돌다리라기보다 널다리같이 하나의 넓적한 돌로 다리가 만들어져 있다. 유마사 기록을 보면 1919년에 쓴 「동복군 유마사봉향각창건상량문」에 보안교가 나타나는데, 이를 보면 아마 보안교는 그 이전에 놓여졌음을 알 수 있다.

세계 고인돌의
40% 이상이
우리나라에 있다
－ 세계문화유산 고인돌

세계문화유산 고인돌

고인돌 선사문화 체험장

　지금은 세계유산으로 이름난 고인돌이 세계적으로 유명한 문화재가 되었지만, 오랜 세월 고인돌은 그저 농가나 집터에 있는 커다란 바위로 알고 있었다. 심지어 장독대로도 사용된 곳도 있었다. 고인돌이 세계문화유산으로 등재되기까지 우리는 고인돌이라고 하는 커다란 바위들과 더불어 별생각 없이 지내왔을 것이다. 그러다 보니 사라진 고인돌이 꽤 많을 것이다.

　그럼에도 우리나라는 '고인돌 왕국'이라고 해도 될 정도로 고인돌이 많다. 한반도에 4만여 기의 고인돌이 있는데, 남한에는 3만여 기, 북한에는 1만여 기의 고인돌이 있다고 한다. 전세계에 있는 고인돌의 40%가 한반도에 있다고 하니 고인돌 왕국이 맞는 것 같다. 외국 여행을 하다 보면 나라별로 고인돌의 모습을 만나게 된다. 영국에 가면 스톤헨지가 유명하고, 남태평양의 이스터섬에 사람 얼굴을 조각해 놓은 커다란 석상이 유명하다. 우리나라의 고인돌과 이들의 공통점은 바로 거대한 돌로 만들었다는 것인데, 거대한 돌을 세웠다고 해서 거석문화라고 한다. 거석문화가 세계 곳곳에 있지만 이들 중 40%가 한반도에 있고, 남한에서는 강화도, 고창, 화순 지역에 가장 많이 퍼져 있다.

화순의 고인돌은 도곡면 효산리와 춘양면 대신리 일대에 596 기가 높지 않은 언덕에 넓게 퍼져 있다. 효산리에서 시작되는 고 인돌 선사문화 체험장부터, 대산리로 이어지는 얕으막한 산을 넘어 펼쳐진 능선 곳곳에 고인돌들이 무리지어 있다. 옆으로는 계곡이 흐르고 구불구불 이어지는 능선을 따라 가다 보면 곳곳 에 나타나는 커다란 바위들을 볼 수 있는데, 이것이 청동기시대 무덤인 고인돌이다.

도곡면 효산리와 춘양면 대신리를 이어주는 고개를 보검재[보 검치, 寶城峙], 또는 보성재라고 부른다. 보검재를 중심으로 동 쪽에 지동마을이 있고 서쪽에 모산마을이 있는데, 지동마을 사 람들은 보검재라고 부르고, 모산마을 사람들은 보성재라고 부르 고 있다. 보검재는 현재도 화순군 춘양면과 도곡면의 경계의 역 할을 하고 있다.

보성과 나주를 오고 가려면 보검재를 넘나들어야 했다. 주로 벌교와 보성 사람들이 1일과 6일에 장이 서는 남평장에 가기 위 해 중요한 육로로 보검재를 많이 이용했다.

고개 이름에 대해 지동마을과 모산마을이 달리 부르는 것을 보면 그 속에 전해 내려오는 이야기들이 담겨 있다.

지동마을 앞에 주막이 있어서 막 고개를 넘어온 사람들이 쉬 어가기도 했는데, 지동마을 사람들은 보검재가 '보배 보(寶), 칼 검(劍), 재 치(峙)'라는 말에서 나왔다고 한다. 이곳에 백마와 장 군바위가 있는 것을 보고 장군이 있으면 당연히 칼이 있을테니 까 고개 이름도 보검재라고 하는 것이 좋다고 생각한 것이다. 옛 날에 이 고개에는 도둑과 강도들이 많았는데 칼을 찬 장수가 백

마당바위 채석장에 올라가서 내려
다 본 모습과 각시바위 채석장 모
습

마를 타고 나타나 도둑을 물리쳤다는 이야기도 있고, 호랑이가
나와서 원앙리 사람인 정봉화씨가 혼자 힘으로 호랑이를 잡은
적도 있다는 이야기도 전해 온다.

한편 보성재 혹은 보성치라고 부르는 모산마을 사람들은, 보
성 원님이 나주 목사를 만나려고 넘어온 고개라고 하여 '보성재'
라고 부르기도 한다.

보검재를 넘나들다 보면 언덕에 청동기시대 무덤으로 알려진
고인돌이 흩어져 있다. 무덤이라면 시신을 묻어야 하는데 저렇
게 커다란 바위 어디에 시신을 묻었던 것일까 궁금해진다. 땅을
파서 무덤 방을 만들고 커다란 바위를 위에다 얹기도 하고, 바둑
판처럼 뭉툭한 돌을 사방에 놓은 후에 그 위에 바위를 얹기도 한
다. 교과서에 대표적으로 실린 고인돌을 보면 탁자처럼 넓적한
다리를 만들고 그 위에 커다랗고 넓은 바위를 얹기도 한다. 이렇
게 다양한 무덤이 우리나라에 있는 고인돌의 모습이다.

능선을 따라 고인돌들을 보다 보면 궁금증이 생기기 시작한
다. 사람들은 저렇게 무거운 돌을 어떻게 옮겼을까, 저 돌들은
어디서 가져왔을까 등등.

곳곳에 있는 고인돌 위편으로 설치된 나무계단을 따라 올라가다 보면 마치 금이 나있는 것 같은 바위벽이 보이는데, 바위 벽을 끼고 돌아 올라가면 커다란 바위 위로 올라가게 된다. 이곳이 채석장이다. 바위 위에 서면 나무 사이로 언덕에 펼쳐진 고인돌이 보인다.

한겨울에 바위 사이에 쐐기를 박고 바위틈에다 물을 부으면 바위틈에 있는 물이 얼면서 부풀고, 시간이 지나면서 바위는 조금씩 틈이 벌어져 결국 떨어지게 된다. 이렇게 떨어진 바위를 옮기는데 그때 바닥에 통나무 등을 깔고 마을 사람들이 함께 끌어서 조금씩 이동하면서 바위를 옮겼을 거라고 한다.

– 고양이바위 고인돌

지형적으로 고양이 자리에 있다고 해서 괴바위 고인돌이라고 한다. 괴바위 앞으로 100m 남쪽에 있는 성곡마을 뒷산, 즉 금성산 불무지 등에 풍산 홍씨 선산이 있는데 풍수지리로 봤을 때 쥐 형국(쥐무덤)이라고 한다. 고양이와 쥐는 앙숙 사이인데, 둘 사이에 계곡물이 흐르고 있어서 괴바위인 고양이가 쥐를 향해 달려들지 못하는 모습을 하고 있다.

– 관청바위 고인돌

관청바위는 저수지 옆 건지산 중간쯤에 절벽을 이루고 있으며, 그 주변에는 많은 암석들이 흩어져 있다. 암석들은 모두 운주사가 있는 남쪽을 바라보고 있어서 운주사와 관련된 이야기가 많이 남아 있다. 관청바위 앞에는 지금은 폐사가 되었다는 이야기가 전해져 오는 절터가 있다.

어느 날 보성 원님이 나주 목사를 만나러 가기 위해 보검재를 넘어와서 잠시 쉬어가려고 이곳에서 멈추었다. 그때 마침 인근에 살고 있는 한 백성이 억울한 일을 풀어달라고 원님께 하소연을 하자 원님이 이를 듣고 즉시 처리해 주었다. 그 후 보성 원님이 하루 동안 이곳에서 쉬면서 사무(관청일)를 봤다고 해서 바위 이름을 '관청바위'라고 부르게 됐다.

운주사와 관련되어 전해져 오는 이야기 중에, 어느 도승이 운주사에 천탑을 세우려고 도술을 부렸다는 이야기가 있다. 한 도승이 운주사에 천탑을 세우려고 욕심을 부렸고, 관청바위와 성곡마을 저수지 위에 있는 국수바위가 있으면 천탑을 세울 수 있다고 믿고 도술을 부려 국수바위를 끌고 갔다. 그러나 운주골에 들어설 때쯤 새벽이 밝아오면서 새벽닭이 울기 시작하자 그만 바위가 멈춰버렸다. 그래서 이 돌들이 모두 운주사를 향하고 있다고 한다.

관청바위 고인돌

108

달바위 고인돌과 마당바위 고인돌

– 달바위 고인돌

도곡 효산리에서 춘양 대신리로 이어진 도로를 따라 남쪽을
향하는 산자락 언덕 이곳저곳에 많은 고인돌들과 바위들이 흩어
져 있다. 옛날에는 보성에서 나주를 가려면 보검재를 통과해서
다녀야 했다. 사람들이 보검재를 통해서 지나다닐 때 산능성이
에 있는 고인돌들을 보고 마치 보름달처럼 생긴 큰 바위라고 해
서 '달바위 고인돌'이라는 이름이 붙여졌다.

– 마고할매 전설을 간직한 핑매바위 고인돌과 각시바위 고인돌

핑매바위를 장군바위라고 부르는 사람도 있지만 대부분 핑매
바위로 부른다. 바위 앞쪽에 "驪興閔氏世葬山 己巳三月日有司閔
丙龍"(1929년)이라는 글자가 새겨져 있고, 바위 위쪽에는 40cm
정도의 타원형 구멍이 있다.

세계에서 가장 큰 바위로 알려진 핑매바위이다 보니 전해져
오는 이야기가 있는데, 고인돌에 관한 이야기보다는 운주사 천
불천탑과 관련된 내용이 강조되어 있다.

마고할매라는 사람이 운주골에 천불천탑을 모은다는 소문을
듣고 돌을 치마에 싸가지고 가다가 도착하기 전에 닭이 울어 탑

을 다 쌓았다는 이야기를 듣고 돌을 차버렸는데, 이것이 핑매바위라고 하는 이야기도 있고, 돌을 싸가지고 가는데 치마폭이 터져서 놓고 간 돌이 핑매바위라는 이야기도 있다.

핑매바위 위에 있는 구멍은 마고할매가 오줌을 싸서 생긴 구멍이라고 하고, 사람들이 그 구멍에 돌을 던져 들어가면 아들을 낳고 들어가지 않으면 딸을 낳는다는 전설이 있다. 핑매라는 말은 돌을 주워서 던진다는 말이다.

핑매바위를 장군바위라고도 하는데, 핑매바위 아래에 나무로 만든 궤짝이 있었는데, 그 안에 장군옷 같은 것이 있었다고 해서 붙여진 이름이다.

핑매바위 북쪽산의 꼭대기에 있는 바위를 각시바위라고 하는데, 주변에는 고인돌의 덮개돌만한 바위들이 산재해 있는 것으로 보아 고인돌 채석장으로 활용된 듯하며, 각시바위를 비롯한 돌들이 남쪽을 향하고 있다.

– 갓 모양의 감태바위 고인돌

감태바위는 밑은 사람의 모습, 위는 갓을 쓰고 있는 모습이라고 하여 '감태바위'라고 부른다. 또한 감태(갓, 모자)를 쓰고 있어서 감태바위라고 한다. 감태바위 밑에서 초군과 초동들이 나무를 해가지고 오면서 많이 놀기도 하고, 일하기 싫은 아이들이 이곳에 모여 놀기도 했다고 한다. 가끔 돈치기를 한다든가, 말타기 등의 민속놀이가 행해졌던 놀이 공간이 되기도 했다고 한다.

– 괸돌바위 고인돌

지동마을 앞으로부터 동쪽 40m 진입로 남쪽에 길이 350cm의 고인돌이 있는데 이를 괸돌바위라고 부른다. 고인돌의 덮개돌이 편평한 모습을 하고 있어서 사람들이 앉아 놀기 편안한 모양을 하고 있다. 옛날에 괸돌바위 앞에 큰 연못이 있었는데 사람들이 괸돌바위에 앉아서 '내끼질(낚시질)을 했다'고 한다. 연못이 있다고 해서 마을 이름도 '못골', 한자로 연못이 있는 동네라는 뜻의 '지동(池洞)'이라고 했다.

세계에서 가장 큰 고인돌 바위로
알려진 핑매바위

간절한 기도를
함께하는 배롱나무가
붉게 물들다
- 만연사

만연사

만연사의 모습

　광주에서 신너릿재 터널을 지나 화순군청 방향으로 빠져나와, 교리IC 1교방향으로 교리 터널을 지나, 만연사 교차로에서 좌회전하여 도로 끝까지 가면 만연저수지 위쪽에 만연사가 있다.

　만연사는 해발 666m로 그리 높지 않은 만연산 자락에 위치하고 있다. 조선시대 지리서인『신증동국여지승람』에는 '나한산'으로 기록되어 있어서 만연사 일주문에도 '나한산만연사'라고 되어 있다. 북쪽으로는 무등산과 이어져 등산객들이 많이 찾고 있는데, 무등산과 연결되어 있어서 그런지 유독 숲이 짙어 싱그러운 느낌을 갖는다. 만연산은 자연 치유의 숲으로 알려진 '만연산 오감연결길'이 개발되어 있는데, 이 길은 다산 정약용이 독서를 하면서 걸었다고 전해지고 있다.

　분홍빛 연등이 일년 내내 장식되어 있고 배롱나무꽃으로 아름다운 천년 고찰 만연사는 배롱나무축제가 열릴 정도로 유명한 절이다.

　아무리 아름다운 꽃도 열흘 붉은 꽃은 없다는 '화무십일홍'이라는 말이 무색한 꽃이 있다. 무려 100일 동안 핀다고 해서 목백일홍이라고 불리는 꽃이다. 부처꽃과에 속하는 배롱나무는 국화과에 속하는 백일홍과 구분하기 위해 부처꽃과에 속하는 배롱나무를 목백일홍이라고 부른다. '부귀', '떠나간 벗을 그리워함'이라는 꽃말을 가진 배롱나무의 '배롱'은 백일홍에서 비롯된 것이라는 말도 있는데, 옛날에는 주로 선비나 유학자들이 지내는 서원이나 향교에 심었고, 절에도 심었다. 담양 명옥헌 원림이나 안동 병산서원에 핀 배롱나무도 사람들이 많이 찾는데, 대웅전 앞에 있는 배롱나무에 연등을 달아 일년 내내 그대로 두어 사시사철 배롱나무가 피어 있는 것처럼 보이는 절이 화순의 만연사이다.

만연사의 동종과 연등이 걸려 있는 배롱나무

배롱나무는 간지럼나무라고도 한다. 나무를 만지면 사람이 간지러운 것이 아니라 나무가 간지럼을 타듯 흔들린다고 해서 붙여진 별명이다. 줄기가 굵어도 손으로 쓰다듬으면 미세하게 나무가 흔들린다고 하니 한번 만져봄직하다. 또 나무껍질이 상처가 아물었을 때 딱지 떨어지듯 하는데, 그 속의 새 나무껍질이 부드러워 자꾸 만져보고 싶은 마음을 갖게 되어 희롱나무라는 별명도 갖고 있다.

만연사는 고려시대 희종 4년(1208년)에 만연선사가 창건하였다고 한다. 만연선사가 무등산 원효사에서 수도를 마치고 조계산 송광사로 돌아가게 되었다. 길을 떠나 무등산을 넘어 남쪽으로 내려오다가 산 중간쯤에 이르러 잠시 쉬어가려고 앉은 사이 언뜻 잠이 들어 꿈을 꾸었다. 부처님 제자인 16나한이 석가모니부처님을 모실 절을 짓고 있는 꿈이었다.

만연사 동종과 나한전의 모습

  깜짝 놀라 잠에서 깬 만연선사가 주위를 둘러보니 어느새 눈
이 내려 사방이 온통 하얗게 변해 있었다. 그런데 신기하게도 자
기가 누워 있던 자리 주위만 눈이 녹아 있었다. 만연선사는 이를
희한하게 생각해서 송광사로 가는 것을 멈추고, 이곳에 토굴을
지어 수도를 하다가 만연사를 세우게 되었다고 한다.

  만연사는 6.25한국전쟁 이전까지 대웅전, 시왕전, 나한전, 승
당, 선당, 동상실, 서상실, 동병실, 서별실, 수정료, 송월료 등
3전 8방이 있었고, 대웅전 앞에는 큰 규모의 설루가 있었고, 설
루 아래 사천왕문과 삼청각이 있던 아주 큰 절이었다.

  이뿐만 아니라 부속암자로는 학당암, 침계암, 동림암, 연혈암
이 있었다.

  병자호란 때 만연사 스님들이 군중일지에 필요한 종이와 군인
들이 먹을 식량 등을 대주어서 청나라 군사를 막아내는 데 도움
을 주기도 했다. 정조 때는 절에 불이 나서 진언집 판각이 타버
리는 피해를 입었으나 다음 해에 다시 중건하였다.

  만연사는 6.25 때 전소되었다가 1978년 이후 대웅전, 나한전,
명부전, 한산전, 요사채가 복원되었고, 암자로는 선정암과 성주

암이 있다.

만연사에는 보물로 지정된 괘불탱화가 있다. 괘불은 걸게그림 부처라고도 하는데, 절에 큰 행사가 있을 때 많은 사람들이 모이면 절 마당에 부처님 그림을 높이 걸어 많은 사람이 보고 기도할 수 있도록 하는 그림이다. 만연사 괘불탱화는 가로가 5.86m, 세로가 7.53m의 비단에 그려진 부처님 그림으로, 가운데 석가모니가 서 있고, 왼쪽에 문수보살, 오른쪽에 보현보살 두 제자가 서 있는 모습을 그린 불화이다.

한때 다산 정약용의 아버지가 화순현감으로 부임하던 때에 정약용이 만연사 동림암에 머물러 공부한 적이 있으며, 국창으로 불리던 이동백, 이날치 명창이 만연사에서 소리를 닦았고, 정광수, 임방울 선생이 이곳에서 제자를 가르쳤다고 한다.

절에서 동쪽으로 2km 정도 올라가면 만연폭포가 있는데, 고요한 숲과 계곡의 물이 좋아 많은 사람이 즐겨 찾는다.

일렬로 늘어선 만연사 장독대의 모습이 정갈하다.

3

화순으로 가는 길은
간절하다
...

그곳에 역사를 움직인 인물이 있다

관을 두껍게
만들지 말라
먼 길 가기 어렵다

— 조광조 적려 유허비

조광조 적려 유허비

정암 조광조 선생 적려 유허비 정문

1519년 11월 17일 대역죄인의 벌을 받은 청년 개혁가 조광조는 전라도 능주로 귀양을 떠났다. 지금의 검찰총장에 해당하는 대사헌의 위치에서 하루아침에 목숨이 위태로운 죄인이 되어 한양에서 750여리 떨어진 능주로 귀양을 떠난 것이다.

대역죄인들을 귀양보내는 곳은 지형적으로 쉽게 오갈 수 없는 지형이 험난한 오지가 많은데, 주로 섬이나 산세가 험준한 곳이 유배지이다. 제주도, 강화도, 함경도, 전라도 쪽에 유배지가 많은 것도 그런 이유 때문이다. 그때만 해도 귀양을 떠나면 저승길을 가는 것과 같은 심정이었을 것이다. 그러나 교통이 발달한 요즘에는 풍광이 아름다운 관광지로 거듭나고 있다. 조선시대 유배지였던 능주는 지금의 화순이다.

귀양을 떠난 지 10일 만에 조광조는 화순에 도착했다. 70%가 넘는 산지로 이루어진 화순에서 지리산과 백아산, 그리고 무등산으로 연결된 용암산이 멀리 보이는 곳에 평야가 펼쳐져 있고, 지석천이 흐르고 연주산이 아름답게 병풍처럼 펼쳐진 아늑한 남정리 마을이 바로 조광조의 유배지이다.

다시 임금에게 부름을 받을 거라는 믿음과 달리 유배온 지 한 달 만인 12월 20일에 사약을 받고 죽임을 당했다.

조광조는 사약을 받고 죽는데, 죽기 전 마지막 유언으로 "내가 죽은 후 관을 얇게 만들고 두껍게 만들지 말라. 먼 길 가기 어렵구나."라는 말을 남겼다.

사약을 받은 자리에 세워진 건물이 바로 애우당이고 이 일대에 조광조 유적지를 만들었는데, 바로 '정암 조광조 적려 유허지'로 알려진 곳이다. 적려는 귀양이나 유배를 갔던 곳을 말하고, 한 인물의 경력이나 흔적을 널리 알리기 위해 비석을 세우는데, 이 비석을 '유허비'라고 하고, 그 장소를 유허지라고 한다.

이곳에는 조광조가 귀양살이 하는 동안 머물렀던 초가와 사약을 받고 죽은 곳으로 알려진 애우당, 그리고 조광조의 영정을 모셔놓은 영정각과 유허비가 있다.

애우당에는 조광조의 글들이 천장 밑에 사방으로 걸려 있는데, 자신을 제거하려는 덫에 걸려 있음을 암시하는 내용의 능성적중시(綾城謫中詩), 임금과 나라에 대한 충정을 담은 절명시(絕命詩), 애우당기(愛憂堂記), 그리고 조광조의 최후의 진술을 적은 역모무고공술(逆謨誣告供述) 등이 있다. 애우당은 절명시에서 따온 이름이다.

그중에서 '역모무고공술'을 보면 조광조의 중종에 대한 마음과 억울함이 담겨 있는 것을 알 수 있다.

"이 세상에 선비로 태어나서 믿을 사람은 오직 임

조광조의 넋을 위로하고 뜻을 알리기 위해 세운 유허비

금님뿐입니다. 정치를 올바르게 하고 국가 기강을 병들게 하는 원인을 없애고 새로운 나라의 맥을 영원히 세우려고 한 것입니다. 그 외에 다른 생각이 없음을 머리숙여 말씀드립니다."

다른 유적지와 달리 유허비는 조광조가 사약받아 죽은 후 약 150년이 지난 1667년(현종 8년)에 능주 목사였던 민여로가 조광조가 마지막 한 달을 보낸 자리에 '정암 조광조선생 적려 유허비'를 세운 것이다. 조광조의 넋을 위로하고 후세 사람들에게 조광조의 뜻을 널리 알리기 위해서였을 것이다.

유허비 뒷면에는 당시 최고의 학자로 이름난 우암 송시열이 지은 비문을 왕세자의 교육을 맡고 있는 세자시강원 책임자였던 동춘당 송준길의 글씨로 새겨져 있다. 비석의 앞면은 충청도 관찰사였던 송준길의 사위인 민유중이 전서 글씨를 썼다. 비석을 받치고 있는 거북돌은 오랫동안 땅에 묻혀 있었는데 보수하면서 찾아낸 것이다.

조광조가 살았던 초가집

유허비의 모습으로, 조광조의 처음
과 끝이 모두 담겨 있다.

　이렇게 당시에 유학자들이 쓴 비석의 내용을 보면, 조광조의
출생과 급제, 기묘사화와 유배, 능주의 귀양살이와 사약, 유허
비의 건립 등에 대한 내용이 담겨 있다.

　비석을 세운 곳이 귀양살이하던 집이고 마지막 사약을 받고
목숨을 마친 곳이라는 것, 기묘사화로 사약을 받고 돌아가신 지
149년째가 되어서도 선비들의 마음이 이어지며, 고려 말 포은
정몽주와 조선시대 한훤 김굉필이 있었지만, 송나라 성리학자인
정호와 주희의 뿌리를 이어서 학문의 표준을 삼은 것은 조광조

조광조의 영정을 모신 영정각과 영정각 안에 있는 조광조의 영정, 원 안에 있는 조광조의 모습은 1750년 정홍래가 그린 조광조의 영정이다.

선생에서 시작되었다는 것, 대사헌으로 일할 때인 1519년(중종 14년) 11월 기묘사화와 유배, 관노 문후종의 집에서의 귀양살이, 1519년(중종 14년) 12월 20일에 사약을 받고 죽은 것, 1667년 (현종 8년)에 능주 목사 민여로가 비석을 세웠다는 내용으로 마무리하고 있다.

38살에 생을 마감하기까지 청년 개혁가인 조광조는 일찌감치 장원급제하고, 성균관에서 공부하다가 추천을 받아 임관된 후 승승장구하여 홍문관을 거쳐 대사헌 자리에 올랐다. 중종의 지지를 받아 새로운 인재를 뽑기도 하고, 자격이 없는 사람들의 공적을 박탈하고 토지와 노비를 환수하는 등 여러 가지 개혁정책을 추진하였다. 그러나 자신들의 기득권을 박탈한 조광조를 못마땅하게 생각하고 그를 제거하려던 훈구파들의 끊임없는 모함과 조광조의 직선적이고 급진적인 개혁을 부담스러워하던 중종의 변심으로 유배당하고 결국 사약을 받게 되었다.

귀양살이한 곳이니만큼 유적지가 그리 넓지는 않다. 애우당에서 조광조가 살았던 초가집으로 건너갈 때, 다시 돌아 나와 유허비각이 있는 곳으로 넘어갈 때 작은 문들을 지나게 된다. 한옥의 안채에서 사랑채로 넘어갈 때와 마찬가지이다.

　그런데 이 작은 문들을 지날 때 머리를 똑바로 든 채로는 지날 수가 없다. 머리를 부딪치지 않으려면 자연스레 머리를 숙이거나 허리를 숙여야만 지날 수가 있다. 옛날 사람들이 키가 작아서 문을 작게 만든 것이 아니다. 이 문을 지날 때는 머리를 숙이는 겸손을 몸소 느끼게 하려는 것이다. 조광조가 귀양살이할 때는 낮은 초가집이 다였을 것이다.

　이 작은 문을 드나들면서 고개를 숙이고 허리를 구부리다 보니, 조광조가 펼치려고 했던 세상이 어떤 것이었을까를 다시 한 번 되새겨 보게 된다.

방랑 시인의 삶을
마무리하다
- 김삿갓종명지

김삿갓종명지

김삿갓공원

　동복천을 끼고 있는 구암마을에는 김삿갓이 생을 마감한 장소
가 있다. 김삿갓이 죽고 강원도 영월로 무덤을 옮기기 전까지 무
덤이 있었던 초분지가 있고, 김삿갓 시비도 세워져 있으며, 화
단과 나무 뒤로 보이는 집이 김삿갓이 생을 마감한 집이다. 목숨
을 다한 장소라는 뜻으로 종명지라고 하는데, 근처에 방랑시인
김삿갓을 기념하기 위해 삿갓 동산까지 만들어져 있는 이 지역
을 김삿갓종명지라고 부른다.

　구암마을은 압해 정씨의 집성촌을 이루고 있다. 백암당 정치
업이 이 마을에 처음 들어와 터를 잡으면서 압해 정씨들이 뿌리
를 내리고 삶의 터전으로 지낸 곳이다. 종가집 사랑채에 머물
렀던 김삿갓이 수려한 자연경관을 즐기며 시를 쓰고 지내다가
1863년 3월 29일 이곳 사랑채에서 그의 나이 57살의 나이로 생
을 마감한 곳으로, 정치업의 후손인 정찬진 소유의 집을 화순군
에서 매입하여 그가 머물렀던 곳의 안채와 사랑채, 그리고 사당
을 복원하였다.

　방랑 시인, 또는 천재 시인으로 알려진 김삿갓은 원래 이름이

김병연(1807~1863)이다. 삿갓을 쓰고 다녔다고 해서 김삿갓이라고 부르고, 한자로 김립(金笠)이라고도 부른다.

김병연은 명문가인 안동 김씨의 집안에서 태어났다. 병연은 어렸을 때부터 천재 소리를 들을 정도로 머리가 좋고 글재주가 뛰어났다. 특히 시 짓기를 매우 잘했으며, 할아버지 김익순이 높은 벼슬을 지내 남부럽지 않게 살았다.

병연이 다섯 살 때인 1811년(순조 11년)에 평안도에서 홍경래가 이끄는 농민들이 난을 일으켰다. 당시 평안도 선천에서 부사로 있던 할아버지 김익순이 농민군에게 항복하여 겨우 목숨을 구하게 되었다. 그러다가 농민군이 관군에게 쫓기게 되자 농민군의 주모자인 김창시의 목을 1천 냥에 사서 조정에 바쳐 죄를 모면하려고 하였다. 결국 할아버지 김익순의 이중 행위가 드러나 김익순은 참형을 당하였고 집안은 멸문지화를 당하게 되었다.

김삿갓공원에 있는 김삿갓의 시비

아버지는 홧병으로 돌아가시고 병연의 어머니는 집안 내력을 숨기고 살면서 어린 병연을 가르쳤다.

병연은 열심히 공부하여 과거시험을 보게 되었는데 시험의 주제가 홍경래의 난과 관련된 것이었다. 농민군에 맞서 용감하게 싸우다가 죽은 정가산과 싸움을 포기하고 항복한 김익순을 비교하라는 것이었다. 병연은 타고난 글재주로 정가산을 훌륭한 충신으로 존경심을 표하고, 김익순은 백번 죽여도 아깝지 않은 비겁자라고 경멸에 찬 글을 써서 제출하였다.

과거시험에 장원급제하여 돌아온 병연에게 어머니

는 눈물을 흘리며 김익순이 바로 친할아버지라는 충격적인 사실을 들려주었다.

청천벽력 같은 어머니의 말에 병연은 큰 절망감에 빠졌다. 자신이 죄인의 손자라는 사실도 충격적인데, 할아버지를 비난하는 글을 써서 장원이 되었다는 것도 너무 괴로운 일이었다. 도저히 하늘을 올려다볼 수 없는 죄인이라는 생각에 넓고 큰 삿갓을 쓰고 다니기 시작했다.

이때부터 원래 이름인 김병연을 버리고 김립(김삿갓)으로 부르고, 아내와 갓 태어난 아들과 홀어머니를 뒤로한 채 전국을 방랑하는 삶을 살기로 하고 길을 떠났다.

김삿갓은 금강산을 비롯하여 각지의 서당을 돌아다니고 집으로 돌아오기도 하였다. 그러나 또다시 고향을 떠나 전국을 방랑하면서 서당에서 훈장을 하기도 하였다.

김삿갓공원 옆에 있는
김삿갓종명지

김삿갓공원에는 김삿갓 동상과 돌에 시를 써서 전시하고 있다.

　김삿갓은 전국을 뜬구름처럼 바람처럼 방랑하는 긴 세월 동안 수많은 시를 남겼는데, 권력을 가진 자와 부자들을 풍자하고 조롱하는 내용이 많고, 백성들의 어렵고 힘든 삶과 아픔을 위로하는 시를 쓰곤 했다.

　김삿갓의 아들 익균이 전국을 다니면서 아버지를 찾아 집으로 돌아갈 것을 권하였으나, 이를 뿌리치고 방랑하다가 이곳 화순 동복 땅에서 마지막 생을 마감하였다. 이 소식을 들은 아들이 화순에 묻힌 아버지의 유해를 강원도 영월군 하동면 와석리의 싸리골로 옮겨 이장하였다.

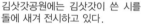
김삿갓공원에는 김삿갓이 쓴 시를
돌에 새겨 전시하고 있다.

김삿갓이 스무 살 이후 57살 생을 마감할 때까지 전국을 방랑하며 이곳저곳에 남긴 시를 보면 해학과 풍자가 뛰어나고 위트가 넘치는 것을 느낄 수 있다.

대나무 시
이대로 저대로 되어 가는 대로
바람치는 대로 물결치는 대로
밥이면 밥, 죽이면 죽, 이대로 살아가고
옳으면 옳고 그르면 그르고, 저대로 맡기리라.
손님 접대는 집안 형세대로
시장에서 사고 팔기는 세월대로
만사를 내 마음대로 하는 것만 못하니
그렇고 그런 세상 그런대로 지나세.

그림자
들어오고 나갈 때마다 날 따르는데도 고마워 않으니
네가 나와 비슷하지만 참 나는 아니구나.

134

달빛 기울어 언덕에 누우면 도깨비 모습이 되고
밝은 대낮 뜨락에 비치면 난쟁이처럼 우습구나.
침상에 누워 찾으면 만나지 못하다가
등불 앞에서 돌아보면 갑자기 마주치네.
마음으로는 사랑하면서도 종내 말이 없다가
빛이 비치지 않으면 자취를 감추네.

하루는 산골의 가난한 농부 집에 하룻밤을 묵었다. 가진 것 없는 주인이 손님을 대접하자니 난감하였다. 저녁 끼니는 멀건 죽밖에 없었다. 김삿갓이 대접할 것이 죽밖에 없어 미안해하는 주인에게 시 한 수를 지어 주었다. 그러나 글을 모르는 주인에게 무슨 소용이 있겠느냐는 뜻이 담겨 있다.

죽 한 그릇
네 다리 소반 위에 멀건 죽 한 그릇.
하늘에 뜬 구름 그림자가 그 속에서 함께 떠도네.
주인이여, 면목이 없다고 말하지 마오.
물 속에 비치는 청산을 내 좋아한다오.

김삿갓의 방랑하는 모습은 지팡이에 몸을 의지하고 떠돌아다니는 나그네 길이다. 어쩌다 생긴 엽전 일곱 닢이 전부지만, 저녁놀 붉게 타는 어스름에 술 한 잔으로 허기를 채우며 피곤한 몸을 쉬어가는 나그네의 모습을 시로 읊었다.

주막에서

천릿길을 지팡이 하나에 맡겼으니

남은 엽전 일곱 푼도 오히려 많아라.

주머니 속 깊이 있으라고 다짐했건만

석양 주막에서 술을 보았으니 내 어찌하랴.

양반들은 시를 지을 때, 생활 주변에서 볼 수 있는 것보다는 자연을 벗삼아 시를 짓곤 한다. 그러나 김삿갓은 어느 누구도 다루지 않았던 생활 주변에서 쉽게 볼 수 있는 것들을 소재로 하여 자유롭게 표현하기도 했다.

요강

네가 있어 깊은 밤에도 사립문 번거롭게 여닫지 않아

사람과 이웃하여 잠자리 벗이 되었구나.

술 취한 사내는 너를 가져다 무릎 꿇고

아름다운 여인네는 널 끼고 앉아 살며시 옷자락을 걷네.

단단한 그 모습은 구리산 형국이고

시원하게 떨어지는 물소리는 비단폭포를 연상케 하네.

비바람 치는 새벽에 가장 공이 많으니

한가한 성품 기르며 사람을 살찌게 하네.

김삿갓은 함경도의 어느 부잣집에서 홀대를 받고 어찌나 서러운지 나그네의 설움을 한문 숫자를 이용하여 시를 썼는데, 이중적인 표현이 아주 뛰어나다.

스무나무 아래(二十樹下)

스무(二十, 시무)나무 아래에 앉은

서른(三十, 서러운) 나그네가

마흔(四十, 망할) 놈의 집안에서

쉰(五十) 밥을 먹는구나.

인간 세상에서 어찌 일흔(七十, 이런) 일이 있으랴

차라리 집에 돌아가 서른(三十, 널익은) 밥을 먹으리라.

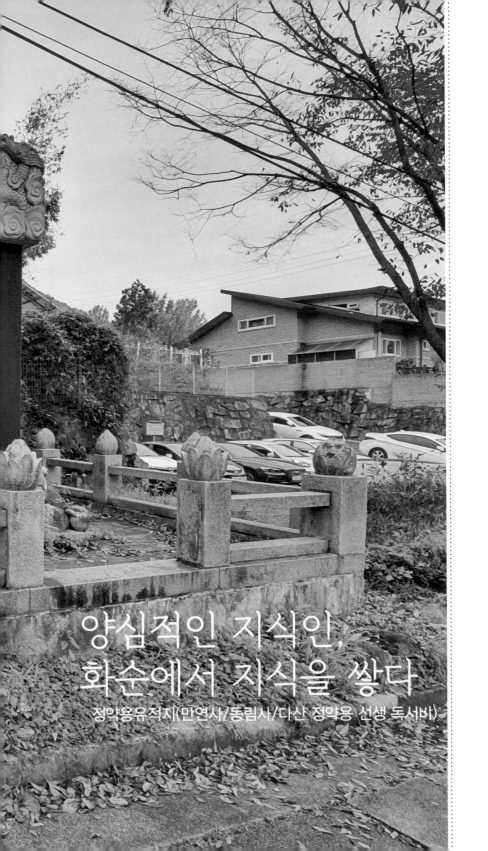

정약용유적지 (만연사 · 동림사 · 다산

정약용 선생 독서비)

양심적인 지식인,
화순에서 지식을 쌓다

정약용유적지(만연사/동림사/다산 정약용 선생 독서비)

정약용이 동림사에서 글을 읽으며
오갔던 만연사 모습

　　전라남도 화순군 화순읍 지금은 동림사 터 앞에 정약용의 독
서비와 동상이 남아 있다. 정약용이 동림사에서 공부했다는 표
지석이 세워져 있다.

　　조선 후기의 대표적 실학자인 다산 정약용(1762~1836)이 과거시
험을 보기 전에 전남 화순에 머물면서 학문을 쌓은 사실이 있다.
　　다산은 16살 때인 1777년 아버지 정재원이 화순현감으로 부
임할 때 아버지와 함께 화순에 왔다. 결혼한 성인이지만 아직
16살밖에 안 된 정약용은 아내와 형제들과 함께 아버지 임지인
화순에 온 것이다. 다산은 화순에 살면서 동림사에서 둘째형 정
약전과 함께 상당한 학문을 쌓았고, 과거를 치르기 위해 열심히
공부를 하였다. 화순에 머무는 2년 동안 광주 무등산과 화순 동
복의 아름다운 적벽을 유람하며 느낀 감상을 몇편의 시로 남기
기도 했다.

　　'다산 정약용 선생 독서비'의 내용을 보면 화순에서의 생활을

엿볼 수 있다.

화순에서 북쪽으로 가다 보면 큰 절인 만연사가 있다. 만연사의 동쪽에 고요히 참선하며 도를 닦는 절이 있고 불경을 설법하는 스님이 그곳에 사는데 이를 동림사(東林寺)라고 한다.

다산이 16살 때 아버지 정재원이 화순현감으로 온 다음해 겨울에 둘째 형 정약전과 함께 동림사에서 지냈다. 정약전은 『상서』를 읽고 다산은 『맹자』를 읽었다.

이곳에 올 때는 첫눈이 흩날리고 계곡물은 살얼음이 얼기 시작하였으며, 산의 나무와 대나무의 빛깔도 모두 새파랗게 추워서 움츠리고 있었다. 새벽이나 저녁에 거닐다 보면 정신이 맑아지고 숙연해진다. 아침에 일어나면 곧바로 계곡으로 달려가서 이를 닦고 얼굴을 씻는다. 식사 시간을 알리는 종이 울리면 스님들과 함께 앉아서 아침밥을 먹었다. 날이 저물어 별이 보이면 언덕에 올라가 휘파람 불며 시를 읊고, 밤이면 스님들이 외는 불경 소리를 들으며 책을 읽었다. 이렇게 40일 동안 생활하였다.

동림사가 있었던 곳에 동림사지 표지석이 남아 있다.

꿈많은 두 형제가 눈내린 산사에서 40일 동안 밤을 밝히며 이상세계에 대해 토론했을 모습이 상상이 된다.

어느날 다산이 말했다.

"스님들이 산사생활을 하는 이유를 이제야 알았습니다. 부모, 형제, 처자와 함께 지내는 즐거움도 없고, 술을 마시고 고기를 먹으며 세속의 노래와 여색의 즐거움도 없이 어찌하여 고통스럽게 산사생활을 할까요. 생각해 보니 세속의 재미와 바꿀 수 없는 깊은 즐거움이 이곳에 있기 때문일까요. 우리 형제가 이곳저곳으로 다니며 글을 읽은 것이 이미 여러 해 되었는데 동림사에서 맛본 것과 같은 즐거움이 또 있습니까?"

그러자 정약전이 말했다.

"그래. 그것이 저들을 스님이 되게 한 까닭일 것이다."

동림사 옛터는 손암 정약전과 다산 정약용 형제가 21살과 17살의 젊은 시절에 독서하며 꿈을 키웠던 곳이다. 그때가 1778년 겨울이었다. 경기도에서 태어나 서울에 살던 그들은 아버지 정재원이 화순현감으로 부임하자 함께 지내던 때였다. 목민심서, 경세유표, 흠흠신서 등 수많은 저서를 남겨 실학의 집대성자로 알려진 다산은 18년의 오랜 유배 생활에도 뜻을 굽히지 않고 학문 연구에 몰두하여 위대한 업적을 이룩한 탁월한 학자였다.

차가운 물에 이를 닦고, 눈이 지붕 위에 가득 쌓인 밤에는 잠을 이루지 못하고 요순시대의 이상을 실현하겠다는 의지가 담긴 말을 많이 했었다는 기록도 있다. 먼 훗날 동림사 독서시절을 회고했듯이 동림사는 다산 형제가 꿈 많은 젊은 시절 깊은 산속 눈 내리는 고요한 밤에 잠을 이루지 못하며 이상과 포부 및 개혁의 지를 불태웠던 학문 요람의 한 장소임이 분명하다.

다산은 나중에 전남 강진에서 유배생활을 할 때 많은 스님들과 어울려 차를 마시고 시를 지으면서 불교와 유교에 대해 토론을 하곤 했다. 이때 가장 친했던 스님이 혜장선사이다. 혜장선사의 스승이 연담 유일스님인데, 연담 유일스님은 다산이 17살에 화순에 살 때 만난 스님이다. 그때 연담 유일스님의 나이는 예순 살쯤 되었다.

동림사지 표지석 앞에 있는 도로 건너편에 정약용의 독서비가 세워져 있다.

청년 정약용과 선승인 연담 유일스님이 나눈 대화는 나이를 초월하고 종교를 뛰어넘는 사상가들의 대화였을 것이다.

능주의 교육을
담당하다
- 능주향교

능주향교

능주향교 앞마당 주차장 한쪽에 늘
어서 있는 비석들

　차를 주차장에 세우고 첫눈에 들어온 것은 주차장 곁에 죽 늘
어 세워진 비석들이다. 조선시대부터 개항기까지 지방관을 지냈
던 사람과 지역에 공이 있는 사람들의 공적을 적어놓은 비석들
을 모아 놓은 것이다. 비석 중에는 능주향교와 연관된 비석도 있
고, 하마비도 있다.

　맨 오른쪽에 세워놓은 비석이 하마비이다. 하마비를 보니 주
차장에 제대로 세웠구나 싶은 생각이 들면서 슬며시 미소가 번
졌다. 하마비는 말에서 내리라는 뜻으로, 옛날 교통수단인 말이
나 가마를 타고 오면 "이곳에서 내리십시오." 하는 표시로 하마
비가 서 있다. 지금의 주차장 표시와 같다.

　비석군에서 조금 떨어진 낮은 언덕 위에 능주향교가 떡 하니
버티고 서있다. 하마비에서 향교를 향해 가려면 붉은 색을 칠한
홍살문을 지나게 된다. 홍살문은 능이나 무덤, 사당이 있는 곳
에 세워져 있는데, 죽음의 공간이라는 것을 알리는 뜻이기도 하
고, 돌아가신 분에 대한 예를 표하는 뜻도 있다.

　향교는 지방에서 교육도 하고 훌륭한 선대 유학자에게 제사를

지내는 교육기관을 말한다. 지금의 지방국공립대학교와 비슷하지만 다른 점이 있다면 제사를 지낸다는 것이다.

향교 정원은 90명이었고, 16살 이상의 양반 아들을 공부시켰던 곳이다. 향교에서 공부하는 동안은 군역이 면제되고 소과에 합격하면 서울에 있는 성균관에 입학하였다.

능주향교는 태조 1년(1392년), 즉 조선이 세워진 해에 능주 서쪽편에 지었다. 임진왜란 때 불에 타서 없어졌는데 선조 33년(1600년)에 하응도가 현재의 위치로 옮겼다.

광해군 3년(1611년)에 조선의 훌륭한 유학자 5명(동국 5현. 김굉필, 정여창, 조광조, 이언적, 이황)의 위패를 공자 위패를 모신 사당에 함께 모셔 제사지내기로 결정하여 전국 향교에 이들의 위패를 봉안하게 하였다.

능주향교의 모습

능주향교 입구에 서 있는 홍살문과
그 뒤로 향교 정문이 보인다.

그리고 능주향교에서는 현령 윤수가 동국 5현의 위패를 봉안
할 동무와 서무를 지었다.

약간 경사진 곳에 위치하며 뒤쪽 높은 곳에 제사를 지내는 대
성전과 동무·서무가 있고, 앞쪽에는 교육을 하는 명륜당과 동
재·서재가 자리하고 있다.

조선시대 향교나 서원은 일종의 기숙학교이다. 학기 동안 향
교에서 숙식을 하며 함께 생활하고, 공부도 하고 성현들에게 제

사도 지내는 기능을 한다.

조선시대에는 국가로부터 토지, 노비, 책 등을 제공받아 학생들을 가르쳤으나, 갑오개혁 이후에 근대 교육이 실시되자 점차 향교에서 교육의 기능은 없어지고 봄, 가을에 제사만 지낸다.

특히 이곳에는 철종 6년(1855년) 이후에 관직에 있던 관리들의 기록이 잘 보관되어 있다.

뜻을 함께한
두 벗을 기리다
- 죽수서원

죽수서원

죽수서원은 산 기슭에 있으며 위에서 정문을 내려다 본 모습이다.

서원은 지금의 사립대학교와 비슷하다. 학문을 연구하는 사설 교육기관이면서 훌륭한 유학자에게 제사를 지낸다.

죽수서원으로 들어가는 입구로 들어서면 왠지 서늘한 기운이 감돌고 깊은 숲속으로 빨려 들어가는 기분이 든다. 서원 건물 모습은 보이지 않고 바닥에 깔린 돌 사이로 이끼가 껴 있어 수풀이 우거진 것을 알 수 있다. 숲길을 따라 잠시 올라갔을 뿐인데 깊은 숲길로 들어가는 기분이 드는 것은 사약받고 죽은 조광조의 마음이 느껴져서일까.

조선 선비를 대표하는 사람을 꼽으라면 조광조를 떠올린다. 그리고 사약받고 죽은 조광조의 시신을 수습하고 제사를 지낸 양팽손을 떠올리며 두 사람 사이의 의리에 감탄한다.

죽수서원은 정암 조광조(1482~1519)와 학포 양팽손(1488~1545)을 제사지내는 서원으로, 전남 지방에서는 순천에 있는 옥천서원에 이어 두 번째로 1570년에 왕이 '죽수'라는 이름을 지어서 내려준 사액서원이다.

개혁정치를 이루고자 했던 조광조는 대쪽 같은 성품을 지녔다. 왕의 신임을 받아 좌우를 돌아보지 않고 오직 부패한 정치를 개혁하려 했던 강한 인물이다. 너무 강하면 부러지는 법일까. 기득권 세력의 압력에도 밀리지 않고 개혁을 이루려고 했던 조광조는 젊은 나이에 사약을 받을 정도로 강직하고 진취적이었다.

17살에 사림파의 거두인 김굉필한테서 공부를 배웠고, 배움의 속도가 어찌나 빠른지 몇 년 만에 촉망받는 성리학자로 이름을 날리며 김종직의 학문을 잇는 사림파의 최고 학자가 되었다.

기득권 세력인 훈구파에게 신진 세력으로 뜨고 있는 사림파는 사사건건 눈엣가시 같은 존재였다. 두 세력의 정치 싸움은 왕을 교체하기에 이르렀고, 중종반정이 일어나 연산군을 밀어내고 중종이 왕위에 올랐다. 왕위에 오른 중종은 새로운 실력 있는 사람이 필요했는데, 성균관에서 공부하고 있는 선비들을 추천받아 임용하였다. 이때 사마시에서 장원으로 합격하여 성균관에서 공부하고 있던 조광조가 임용된 것은 당연한 일이었을 것이다.

새시대를 연 중종과 이상정치를 꿈꾸는 청년 조광조의 만남은 거칠 것 없는 개혁정치로 이어졌고, 중종의 전폭적인 지지를 받은 조광조는 마음껏 정책을 펼쳐나갔다.

그러나 기득권 세력인 훈구파의 공격은 집요

울창한 숲이 우거져 죽수서원으로 가는 숲길은 어둡기까지 하다.

하고 강력했다. 조광조를 몰아내기 위해 왕의 마음을 헤집어 놓기 시작하더니, 나라의 인심이 조광조에 돌아갔으니 그대로 두면 왕의 자리까지 위협할 것이라면서 조광조와 중종의 사이를 갈라놓았다.

조광조의 급진적인 개혁에 피곤했던 중종은 조광조에 대한 탄핵을 받아들여 조광조를 능주에 유배보내게 되었다. 1519년(중종 14년) 11월에 기묘사화가 일어난 것이다.

능주에 유배된 조광조는 한 달도 지나지 않은 그해 12월에 사약을 받고 38살의 젊은 나이로 세상을 떠났다.

한편 양팽손은 조광조보다 6살 적지만 사마시를 함께 응시하여 조광조는 진사에, 양팽손은 생원시에 각각 장원으로 급제하여 함께 조정에 들어가 일을 한 선비이다.

성균관에서 공부할 때 유생들이 양팽손에게 텃세를 부리기도

죽수서원의 모습

죽수서원에서 본 정경은 시원하다.

했으나, 조광조는 양팽손의 강직함을 알아보고 가까이 지냈다는
일화가 있다.

조광조와 동문수학하던 교우인 학포 양팽손은 기묘사화가 일
어나자 조광조, 김정 등을 위해 항소하다가 관직을 박탈당하고
고향인 전라도 능주로 돌아왔다.

조광조가 유배된 지 한 달여 만인 1519년 12월(중종 14년)에 사
약을 받고 죽자 양팽손이 몰래 조광조의 시신을 거두어 쌍봉사
근처 중조산 깊숙한 골짜기(조대감골)에 암매장을 하였다.

죽수서원에 남아 있는 건물

　다음 해인 1520년에 경기도 용인에 있는 조광조의 선산으로 시신을 이장하고, 학포 양팽손은 그해 여름에 조광조의 시신을 겨울 동안 암매장했던 중조산 골짜기에 죽수사라는 초가집을 지어 자신이 직접 그린 조광조의 초상화를 걸고 제자들에게 봄, 가을로 제사를 지내게 하였다.

　이것이 죽수서원의 시작이다. 그 후 26년 만에 태학생 홍인헌, 박겸 등이 상소하여 조광조의 억울함을 풀고 다시 관직이 회복되었다. 1569년에 대사간 백석걸의 주장과 이황의 조언으로 문정공의 시호를 받고 조광조를 제사지낼 서원을 세우고, '죽수'라는 이름을 받았다.

　1630년(인조 8년)에 김장생의 주장과 사림의 건의로 조정에서 학포 양팽손을 함께 제사지낼 수 있게 하였다.

　살아생전 의리로 맺었던 두 사람이 죽은 뒤에도 함께 모셔진 공간에 있다 보면 마음 깊은 곳에서 두 사람에 대한 존경과 부러움이 고개를 든다.

양팽손이 조광조의 초상화 밑에 적어놓은 글을 보면 이상세계를 펼치려 했던 두 젊은 개혁정치가의 다짐을 엿볼 수 있다.

도학을 숭상하여(崇道學)
사람의 마음을 바르게 하고(正人心)
성인과 현자를 본받아(法聖賢)
지극한 정치를 일으키도록 하세(興至治)

서원이 원래 있던 땅을 되찾은 것을 기념하여 세운 비석인 '죽수서원 원지복원비'

충의사

임진왜란에서
화순을 구하다
- 충의사

논개부인 영정각

    화순이 낳은 수많은 인물 중에 나라를 위해 목숨을 바친 사람을 꼽으라면 최경회를 빼놓을 수 없다. 화순군 동면 백용리에 최경회의 사당인 '충의사'가 있다.

    군인의 신분이 아니었으나 임진왜란으로 나라가 위험에 빠지자 의병을 일으켜 출병한 최경회는 김천일, 황진과 함께 삼장사(三壯士)라고 불린다.

    임진왜란 때 우리나라가 승리한 큰 싸움 3개가 있는데, 이를 3대 대첩이라고 한다. 이순신 장군의 한산도대첩과 권율 장군의 행주대첩, 그리고 김시민 장군의 진주대첩을 말한다. 그중 진주대첩을 승리로 이끄는데 기여한 장군이 바로 최경회이다.

    최경회는 문과로 급제하여 여러 곳을 거쳐 담양의 부사로 있었다. 1590년에 어머니가 돌아가셔서 화순 고향집에 머무르고 있었다. 옛날에는 부모님이 돌아가시면 3년상을 치르는 것이 예법이었다. 고향에 있을 때인 1592년 봄에 임진왜란이 일어나자 형들과 함께 화순에서 의병을 모집하였고, 의병장 고경명을 도와서 왜군과 맞서 싸웠다. 전 국토가 왜군에 의해 짓밟히자 경상도에까지 의병을 이끌고 가서 진주 목사인 김시민을 도와 진주 전투를 승리로 이끄는데 큰 공을 세웠다.

다음 해에 왜군이 진주성을 다시 쳐들어오자 나주의 김천일, 충청의 황진 등과 함께 결사항전으로 9일 밤낮을 싸웠다.

그러나 끝내 진주성이 왜군에게 함락당하자 최경회는 죽음을 생각하고, 조복 한 벌과 무주 전투에서 일본 장수에게서 빼앗았던 보검과 공민왕의 그림을 조카 최홍우에게 건네면서 고향에 있는 둘째 형 최경장에게 전해달라고 하였다.

그후 최경회는 끝까지 함께 싸웠던 김천일, 고종후와 함께 촉석루에 올라 시 한 수를 읊었다. 이 시는 목숨을 끊기 위해 강에 투신하기 전의 절절한 마음이 담겨 있다.

충의공 최경회 장군 동상

촉석루 위에 있는 세 장사는
한 잔 술로 웃으면서 장강의 물을 가리키네.
장강 물은 도도히 흘러가니
저 물이 마르지 않는 한 우리 혼은 죽지 않으리라.

최경회는 한양이 있는 북쪽을 향해 네 번 절하였다. 왕에게 마지막 작별 인사를 올린 것이다.

"외로운 성이 포위당했는데 지원군은 오지 않고 형세도 불리하고 힘도 다했으니 죽음으로 나라의 은혜에 보답할 뿐이구나."

마지막 말을 남기고 인장과 병부를 가슴에 안고 남강에 투신하였다. 이때 함께 있던 여러 장군과 고종후도 남강에 투신하여 죽었다. 삼장사를 말할 때 황진 대신

논개부인 영정각과 사당으로 가는
의열문인데 '전라문'이라고 쓰여 있
다.

고종후를 넣기도 한다. 후에 조정에서 충의라는 시호를 내려서
이곳 사당의 이름을 충의사라고 부른다.

최경회는 진주의 창렬사와 고향인 능주의 포충사, 화순의 삼
충사에 모셔져 제사를 지냈는데, 흥선대원군이 전국에 있는 서
원 중 47개만 남기고 나머지는 없애게 하여 포충사와 삼충사가
없어졌다. 이곳의 충의사는 2004년 최경회의 충효정신을 본받
기 위해 세운 것이다.

충의사에는 의암 영각이 있다. 의암의 영정을 모시는 곳인데,
바로 논개를 말한다. 진주 남강에 왜의 장수를 끌어안고 뛰어들
어 순절한 논개가 왜 이곳에 모셔져 있을까 하는 생각이 든다. 그
러나 영당 앞에 있는 안내판을 읽어보면 고개를 끄덕이게 된다.

임진왜란 때 2차 진주성 싸움 뒤 연약한 여성의 몸으로 왜(일
본) 장수 게야무라 로쿠스케를 남강의 바위로 유인하여 그를 껴
안고 깊은 강물 속으로 뛰어 들어 목숨을 바친 논개 부인의 영정
을 모신 집이라는 설명이 있다.

논개의 의로운 행동을 기리기 위해 진주 사람들이 이 바위를
의암이라고 하였고 의암은 논개를 상징하는 말로 불린다.

한때 일본 장수를 껴안고 남강에 몸을 던진 의로운 기생으로 알려졌지만 최경회의 두 번째 부인으로 알려지면서, 진주성에서 최후를 마친 남편 최경회와 나라를 위험에 빠트린 왜에 대한 원수를 갚기 위해 일본 장수를 안고 남강에 몸을 던졌다고 한다.

어느 것이 맞는 말인지는 사실 그다지 중요하지 않다. 한 달도 안 되어 한양이 일본에게 함락당하고 온 국토가 일본에 의해 도륙당하는 전쟁터에서 남녀노소 할 것 없이 장수가 되었을 것이고, 나라를 위해 온 몸을 바쳤을 것이다.

5백 년이 지난 지금까지 임진왜란의 수많은 이야기들은 기록으로 남기도 하고, 때로는 입에서 입으로 전해지기도 한다.

'호남은 우리나라의 땅이요, 영남도 우리나라의 땅이라'
'성이 있으면 나도 있고, 성이 무너지면 나도 죽는다'

임진왜란을 겪으면서 남긴 글을 보니, 지역 갈등으로 서로 마음을 할퀴고 있는 지금의 우리 모습이 왜 이리 부끄러울까.

임진왜란이라는 엄혹한 시절에 죽음의 순간을 함께한 최경회와 논개의 절절한 마음이 가슴에 와닿는다.

충의사의 모습

벼슬은 잃었지만
자연을 가슴에 품다
- 학포당

학
포
당

학포당 현판

　화순의 자랑거리인 쌍봉사로 가다 보면 왼편에 위치한 쌍봉리 마을에 학포 양팽손이 사용한 서재가 있다. 글 잘 쓰고 그림을 잘 그려 중종 때 산수화풍을 대표하는 사람으로 손꼽힐 정도로 뛰어난 산수화의 대가인 양팽손이 관직에서 물러난 이후 이곳에서 글도 읽고 그림도 그렸을 거라 생각하니 학포당을 찾는 발걸음에 설레임이 묻어난다.

　쌍봉리 마을은 보성과 경계를 이루고 있고, 지석천의 지류와 주변 산세가 잘 어우러진 곳에 자리잡은 전형적인 농촌마을이다.

　한적한 시골길로 들어서 한참을 가다 보면 왼편에 제법 단단하게 지어진 기와가 얹힌 한옥집이 보인다. 얼핏 봐도 예사롭지 않아 보인다. 학포당은 한눈에 알아볼 수 있는 특징이 있는데, 바로 옆에 500년은 넘어보이는 은행나무가 있다는 점이다. 자칫 초행길인 사람이라도 은행나무를 보면 찾을 수 있을 것 같다.

　지금의 학포당은 처음에 지어진 대로 남아 있지 않다. 세월이 지나면서 소실된 것을 1920년에 후손들이 지금의 위치에 원형대로 복원한 것이다. 외삼문과 담장이 둘러싸여 있고, 그 안에 학포당 건물이 있다. 복원된 후 지금까지 보수를 하면서 관리되고 있는지 매우 깔끔하게 정돈되어 있다.

문을 열고 들어가면 자연스런 돌계단이 나오고 이곳에 올라서면 바로 학포당이 자리잡고 있다. 학포당 건물은 보통 정자들과 다른 구조로 만들어진 것 같다. 건물 가운데 방을 만들고 그 주위로 툇마루를 둘렀다. 그리고 한쪽으로는 가운데 방 뒤쪽으로 작은 골방이 있다. 더욱 놀라운 것은 위층에 창문이 달린 다락까지 있어서 일반 한옥의 정자를 생각하고 보면 참으로 독특한 구조를 하고 있다. 양팽손이 관직에서 물러난 후 고향에 돌아와 이곳에서 글도 읽고, 그림도 그렸을 테니 책과 화구를 보관할 장소가 필요했을 것이란 생각이 든다. 저 다락에는 양팽손이 읽던 수많은 책들과 화구가 빼곡이 있었을 것 같다.

학포당 마당의 담장 근처에 늙은 은행나무가 위엄을 뽐내며 서있다. 양팽손의 둘째 아들 응태공이 심었다고 하는 은행나무는 '8파손'이라는 별명이 있는데, 나무를 보는 순간 왜 그런 이름이 붙었는지 알 것 같다. 가지가 8개로 뻗어져 있지만 서로 하나의 나무를 이루고 있는 모습이다. 양팽손의 자녀가 8명이었다는데 이와 관련이 있는 것일까 라는 생각이 잠시 든다. 1980년 초 태풍에 가지가 하나 부러져 지금은 7개인데, 가지가 부러졌을 때 종손이 사망하는 일이 생겨서 마을 사람들 사이에 이 은행나무는 신비함을 더하고 있다.

양팽손은 쌍봉리에서 태어나 이곳에서 생을 마감하였다. 어려서부터 글을 잘 짓고 그림을 잘 그렸다 하니 주위의 기대를 한 몸에 받았을 것이다. 시골 구석에서 한양으로 진출하여 관직에 나갔을 때는 원대한 꿈을 꾸기도 했을 것이다. 이런 양팽손이 관

學圃讚山水圖(학포찬 산수도)

국립중앙박물관에서 소장하고 있는
이 그림은 학포 양팽손의 작품으로
알려져 왔다가 지금은 작자 미상으
로 연구중인 작품이다.
그림 오른쪽 위에 글을 쓰고 학포
(양팽손)가 쓰다라는 뜻의 '학포사
(學圃寫)'라는 글씨가 써 있고, 인
장에는 '양팽손장(梁彭孫藏)'이라고
쓰여 있다.

직을 등지고 고향으로 돌아와 다시 글과 그림으로 세월을 보내면서 한 사람과의 인연이 이어진다. 바로 조광조이다. 양팽손은 조광조의 마지막을 지킨 사람이다. 두 사람의 인연은 양팽손이 생원시에 장원급제하고 조광조가 진사시에 장원급제하면서부터다. 시험에 합격한 두 사람은 한양으로 올라가 성균관에 입학하게 된다. 비록 나이는 6살 차이가 있지만 학문의 세계에서는 그다지 중요하지 않았다.

조광조는 시골에서 올라온 청년 양팽손의 학식과 재능을 인정해 주고 보호해 주기도 하였다. 조광조는 그에 대해 이렇게 묘사하였다.

"그와 함께 이야기하면 마치 지초나 난초의 향기가 풍기는 것 같고, 그의 성품이나 마음씨는 비 개인 뒤의 가을 하늘처럼 맑고, 얕은 구름이 막 걷힌 뒤의 밝은 달과 같아 이 세상을 초월한 사람 같다."

기묘사화가 일어나자 조광조 등을 위해 상소를 하였다가 이 일로 관직을 잃고 고향인 화순으로 돌아왔다. 조광조가 화순으로 유배 올 때 양팽손의 마음은 어땠을까. 안타까움과 절박함을 뛰어넘어 자신에게 주어진 숙명 같은 것을 느끼지는 않았을까. 양팽손은 조광조가 사약받고 죽었다는 소식을 듣고 위험을 무릅쓰고 조광조의 시신을 거두었다. 맑은 성품과 세상을 초월한 사람 같다고 느낀 조광조의 말처럼 학문의 길을 함께 걸은 학자의 양심이 느껴진다.

학포당 기둥 곳곳에 있는 글을 보면서 세상의 거친 풍파를 뒤로 하고 고향으로 돌아와 학문과 자연의 세계 속에서 시간을 낚았을 양팽손의 마음을 조금이나마 닮고 싶다는 생각을 해본다.

4
화순으로 가는 길은
힐링이다
...
산과 계곡의 조화가 화폭에 담기다

신이 붓을 휘둘러
절경을 그리다

– 화순적벽

화순적벽

환산정 앞에 펼쳐진 서성적벽

　　중국 삼국시대 때 유비와 손권의 연합군이 조조에 대항하여
싸운 전투를 적벽대전이라고 한다. 북부를 통일하고 천하를 통
일하기 위해 남쪽으로 진격한 조조의 대군을 맞이한 곳은 후베
이성 자위현의 북동쪽에 있는 양쯔강 남쪽 해안 가였다. 바로 이
곳이 붉은 바위가 병풍처럼 둘러쳐져 적벽이라고 불리게 되었
다. 700여 년이 흐른 후 송나라의 시인 소동파가 귀양을 간 곳이
이곳 근처인데 적벽의 아름다움에 취해 '적벽부'라는 시를 지으
면서 더 많은 사람들 입에 오르내리게 되었다.

　　우리나라에도 적벽의 이름이 붙은 곳이 몇 군데 있다. 충남 금
산의 금강을 끼고 있는 곳과 전북 부안의 해안가에 펼쳐진 붉은
절벽, 그리고 조선시대 10경 중 하나로 꼽을 정도로 아름다운
전남 화순의 적벽이다.

　　화순의 동복천 동쪽 절벽을 적벽이라 하는데, 옹성산의 서쪽
기슭에 있다.

　　『동국여지지』에는 "동복현의 북쪽 12리에 있는 옹성산의 서쪽
벼랑에 있다. 절벽의 높이가 1,000척(尺)에 이른다. 절벽의 표면

이 푸르고 붉으며, 창랑천이 그 밑에 흐르기 때문에 적벽(赤壁)이라고 이름하였다. 계곡이 10리 이상이 되며 양쪽의 단애 사이로 산록이 강물을 바라보고 있어서 절벽을 이룬 것이 하나만이 아니다."라고 기록되어 있고, 『여지도서』에는 "관아의 북쪽 10리 옹성산 서쪽 기슭에 있다. 강가에 절벽이 서 있는데, 돌의 색깔이 모두 붉다. 석벽이라고 불려오던 것을 최산두가 지금의 이름인 적벽으로 바꾸었다. 임진왜란 때 현감 황진(黃進)이 절벽 아래 물가에서 일찍이 말을 빠르게 몰며 훈련시키고 길들였다."고 기록되어 있다.

1519년 기묘사화 이후 동복으로 유배를 떠났던 최산두가 이곳의 아름다운 모습을 보고, 소동파가 읊었던 중국에 있는 적벽에 버금간다고 하여 '적벽'이라고 부르게 되었다.

옹성산의 산기슭을 따라 굽이굽이 푸른 물이 흐르고 푸른 물결 위에 불뚝 솟아오른 거대한 붉은 색을 띤 주상절리 절벽이 병풍처럼 펼쳐져 있다. 파란 하늘과 푸른 물이 흐르고 기암괴석과 숲이 한데 어우러진 모습은 눈길 닿는 곳곳이 모두 한 폭의 그림이고 천하에 둘도 없는 예술품이다. 굽이굽이 펼쳐진 화순적벽은 물염, 창랑, 보산, 노루목적벽을 통틀어서 말한다. 그중 가장 아름다운 경치를 보여주는 곳은 노루목적벽이고 많은 사람들은 화순적벽을 말할 때 노루목적벽을 꼭 보기를 추천한다.

화순적벽을 찾다 보면 어떻게 저렇게 아름다운 자연이 지금까지 훼손되지 않고 남아 있을까 라는 생각이 든다. 사람 발길이 닿기 시작하면 어느 순간 자연이 훼손되는 것을 너무나 많이 봐오던 터라 내심 걱정이 되었다. 물론 이곳에도 문명의 힘에 변화를 맞이하였다. 인구가 늘어나고 도시가 커지면서 깨끗한 물은 더욱 많이 필요해진다. 광주광역시 상수도의 수원용으로 댐 건설이 필요해지고 1985년 동복댐이 완공하게 되었다. 산과 산 사이에 댐을 세우고 물을 가둬서 사람들이 먹을 수 있는 깨끗한 식수를 마련한다는 것은 매우 중요하다. 그러다 보니 적벽의 30%는 물 속에 잠기고 약 70%만 수면 위로 드러나 있게 되었다. 물에 잠긴 것은 적벽만이 아니라 인근에 있던 15개 마을과 농사짓던 땅도 잠기게 되었다. 사람들은 떠나고 수많은 세월 동안 살았던 사람들의 흔적은 고스란히 물 속에 잠겨 이제 추억이 되고 이야기로 전해지고 있다. 적벽 일대가 광주광역시의 상수원 보호구역으로 지정되었고, 1985년부터 민간인의 출입을 통제했다. 그러다 지난 2014년에야 제한적으로 화순적벽을 사람들에게 공개하기 시작하였다. 무분별한 관광이 되는 것을 막기 위해 개인 관람이 아닌 '적벽투어버스'를 이용해서 적벽을 공개하고 있다.

광활하게 펼쳐진 적벽의 모습은 곳곳에서 아름다움을 느낄 수 있다. 자연이 빚어낸 병풍 같은 적벽 반대편에는 정자를 지어 그

곳에서 적벽의 아름다움을 감상하곤 한다. 화순에 정자가 많은 것도 높은 산과 계곡, 푸른 물이 어우러진 곳이 많기 때문이다. 그중에 뛰어난 절경으로 이름난 화순적벽 근처 곳곳에는 정자가 자리잡고 있다.

　적벽투어버스를 이용하지 못한다 하더라도 화순에서 적벽의 아름다움을 느낄 수 있는 곳은 곳곳에 있으니 얼마나 다행인가.

가을 강 모래밭에 오솔길 또렷하고
계곡 어구 비취빛 산에서는 구름이 일듯
새벽녘 시냇물에는 연지 빛이 잠기고
맑은 날 바위벽에는 비단 무늬 흔들흔들
수령의 한가한 놀이에선 누가 흥겨운가
시골 사람 무리지어 밭 갈고 낚시하네
외진 곳 안온한 산수가 사랑스러워라
이름 흘려 알리려 하지 않기에

화순적벽

물염정 근처에 있는 창랑적벽의 모습

화순의 현감으로 오게 된 아버지를 따라 왔던 16살의 다산 정약용이 적벽을 바라보며 지은 '적벽 정자에서 노닐며'라는 글의 한 구절이다.

화순에서 생을 마감한 방랑시인 김삿갓의 작품에는 동복천과 옹성산의 조화로움을 노래한 것으로 추측되는 글도 있다고 한다. 김삿갓이 화순적벽을 그냥 지나쳤을 리가 없을 것이다.

옛날부터 화순적벽에서 즐겼던 놀이가 지금까지 전해지기도 한다. '적벽낙화놀이'라고 일종의 불꽃놀이이다. 노루목 적벽과 창량마을에서 4월 8일에 장정들이 적벽 위에 올라가 마른 풀에 돌을 넣고 묶은 후 불을 붙여 아래로 던지면 밤하늘에 불꽃이 터지는 모습을 볼 수 있다. 강가에서는 마을 사람들이 밤하늘에 터지는 불꽃을 보며 북과 꽹과리를 치며 흥을 돋우고 즐겼다.

사람의 발길이 닿기 이전부터 이곳에 있었고, 앞으로도 이곳에 있을 화순적벽은 한 번 보는 것으로 감히 적벽의 아름다움을 다 표현할 수 없을 것이다. 사시사철 모습이 다르고, 기후 변화에 따라 수만 가지 절경을 연출한다.

그럼에도 적벽 반대편 정자에 앉아 잠시나마 아무 생각 없이 멍 때리고 앉아 김삿갓이 되어보기도 하고 정약용의 마음이 되어보기도 한다. 어깨를 짓누르는 삶의 무게를 잠시나마 내려놓고 화순적벽의 아름다운 모습에 빠져들면 이곳이 바로 힐링의 세계일 것이다.

CNN이 선정한 저수지
사시사철 모습을
바꾸다
- 세량지

세
량
지

아름다운 저수지로 외국에까지
소문난 세량지

　이른 아침 물안개가 피어오르고 햇빛이 비추면 호수에 비친 벚꽃이 물 위로 피어오르면서 한폭의 수채화를 그려놓은 듯한 모습을 담기 위해 사진작가들이 즐겨찾는 곳이 있다. 바로 세량지다.

　봄만 되면 사진 좀 찍는다 하는 사람들은 세량지로 몰려든다. 이런 소문은 우리나라뿐 아니라 해외에까지 알려진 모양이다. 2012년에 미국의 유명한 뉴스 채널인 CNN이 '한국에서 꼭 가봐야 할 곳'으로 50곳을 정하였는데, 화순의 세량제(세량지)가 선정되었다. 소개된 세량지의 사진을 보면 이런 비경이 있나 싶을 정도이다. 사진 속에 담긴 세량지의 풍경은 마치 신선들이 사는 곳을 찍은 듯한 모습이다.

　CNN에서 발표했을 때 많은 사람들은 유명한 유적지와 함께 소개된 세량지가 어디 있는지 모르는 사람들도 많았다.

　세량지는 화순군 세량리에 있는 저수지로, 둑 제(堤) 자를 붙여서 세량제라고도 부른다. 농사를 짓기 위해 물이 필요했고, 둑을 막아 저수지를 만들어 그 물을 농수로 이용하였다. 1969년에 준공되었는데, 흙으로 둑을 쌓은 저수지이다. 둑의 길이는

50m이고, 높이는 10m이다. 마을에서 저수지까지는 작은 농로로 이어져 있다.

사진작가들이 즐겨 찾는 곳이니 나도 똑같은 사진 한 번 찍겠다고 나섰지만 똑같은 사진을 찍기는 어려울 것 같다. 사진작가는 아니지만 그래도 미국에까지 이름난 곳이니 한국인으로서 꼭 한 번 찾아봐야 할 곳이다.

잊지 말아야 할 것은 이곳이 저수지라는 것이다. 농사를 짓기 위해 높은 곳에 물을 가두고 필요할 때 쓰는 구조이다. 즉 마을 입구에 있는 것이 아니라 농로를 한참 걸어서 올라가야 볼 수 있는 곳이다.

세량지를 찾았을 때 주차장에 내리면 잠시 여긴 어디? 난 누구? 라는 생각이 든다. 주위를 둘러봐도 관광지와는 거리가 멀어 보이고, 도로에 인접한 산 속 시골 마을의 모습에 잠시 당황하게 된다.

세량지로 가기 위해서는 도로를 지나야 하는데 굴다리로 연결되어 있다. 굴다리를 지나면서 벽에 전시되어 있는 세량지의 사진을 보며 정말 아름다운 곳이구나 하는 생각을 하지만 굴다리를 벗어나도 여전히 세량지는 아직 눈에 들어오지 않는다. 주차장에서 세량지까지의 거리는 400m 정도이다. 그 사이에 습지원을 만들어서 데크로드를 따라 걸으며 구경할 수 있게 되어 있다.

세량지는 데크로드가 아닌 옆에 난 농로를 따라 시골길 걷듯 계속 걸어야 한다. 그렇게 한참을 걸으면 드디어 제방이 나오고, 미국에까지 소문이 난 세량지가 모습을 드러낸다.

제방 위에 있는 원두막에서 바라본
세량지의 모습과 세량지 밑에 만들
어 놓은 연못의 가을 풍경 모습

　　사람은 뭔가 힘든 일을 하거나 힘든 과정을 겪고 난 후에는 어
느 것으로든 보상받고 싶어한다. 이른 아침 물안개가 피어오르
고 햇빛이 비출 때, 벚꽃이 데칼코마니처럼 수면 위에 찍힌 사진
작가의 사진을 보고 길을 나섰다가 막상 삭막한 주차장에 내려
한참을 올라가다 보면 점점 힘이 들면서 기대감은 더욱 커지게
된다. 또한 사진작가가 찍은 모습과 똑같은 장면이 눈앞에 펼쳐
져야 하는데 그렇지 못하면 우리는 실망을 한다.

세량지는 사시사철 수많은 자연의 옷으로 갈아입는다. 아침 물안개가 피어오를 때의 벚꽃이 만개한 모습도 아름답지만, 강한 햇볕을 그대로 담아 짙푸른 녹색으로 변신한 한여름의 모습, 온통 단풍으로 물든 가을의 모습도 신비롭다. 눈덮인 세량지의 모습은 동화 속 겨울나라에 와 있는 듯하다.

마을 사람들에게 나눠줄 생명수를 담고 있는 세량지는 그렇게 사시사철 자신의 본분을 다하며 거기에 더하여 우리에게 자연의 아름다움을 선물하고 있다.

세량지에 올라 비록 사진과 똑같은 모습의 순간은 못 봤지만 이 시골 마을 산속에서 어떻게 이런 아름다운 자연을 보여줄 수 있을까 라는 감탄을 하지 않을 수 없다. 올라오느라 힘들었을 사람들을 위해 만들어 놓은 원두막에 앉으니 살랑살랑 바람이 불고 원두막 끝자락에 걸친 세량지의 경치는 최고였다.

지금 내 눈앞에 펼쳐진 한 컷의 모습이 바로 세량지 최고의 사진이었다.

CNN이 선정한 50곳에 뽑힌 세량지는 사시사철 옷을 바꿔입는다.

철쭉공원으로
이름을 떨치다
– 수만리 철쭉공원

수만리 철쭉공원

화순군에서 화순읍에 오면 꼭 봐야 할 경치 8곳을 정해 화순 8
경이라고 했는데, 화순 8경 중 다섯 번째인 5경이 바로 '수만리
철쭉공원'이다. 무등산 편백 자연휴양림에서 화순군청으로 이어
지는 안양산으로 오르막을 오르면 산 중턱에 철쭉공원이 있다.
화순읍 수만리서 큰 재를 지나 안양산까지 이어지는 철쭉공원이
다. 산길을 따라 차로 달리다 보면 만연산의 아름다운 산세에 연
신 감탄을 하다가, 도로 가로 펼쳐지는 철쭉들을 만나면 차를 세
우지 않을 수 없다.

만연산 자락은 4월이 되면 새순이 올라오면서 온통 연두색과
초록색의 봄색들이 서로 뽐내기 시작한다. 도로 양쪽으로 철쭉
이 울긋불긋 물들어 있어 드라이브 코스로도 유명하다. 봄에 철
쭉이 활짝 폈을 때 도로변에서 산 정상까지 마치 융단을 깔아놓
은 듯 다양한 철쭉이 온 산을 뒤덮어 다른 세상에 온 듯한 느낌
이 들게 한다.

수만리 철쭉공원에는 주차장이 곳곳에 준비되어 있어서 드라
이버들의 발길을 잡고 마음을 끌어당긴다. 차를 세우고 발길 따
라 철쭉공원을 걷다 보면 여기가 바로 한국의 알프스구나 라는
생각이 든다.

수만리는 북쪽에 1,187m 높이의 무등산을 중심으로 동쪽에
853m인 안양산, 그리고 서쪽에 668m 높이의 만연산 등 산으로
둘러싸여 있는 지역으로, 마을들은 대체적으로 남쪽 방향을 향
하고 있다. 안양산 줄기와 만연산 줄기 사이에 위치한 수만리에

는 화순천의 상류 지류인 동천이 시작된다. 수만리는 물촌마을, 새터마을, 만수마을, 중지마을 등 4개의 자연 마을로 이루어져 있는데, 물촌 마을의 수(水) 자와 만수마을의 만(萬) 자를 따서 수만리라는 지명을 만든 것이다.

화순에서 철쭉으로 유명한 곳은 동구리호수공원과 만연산 수만리 철쭉공원 두 군데가 있다. 수만리 철쭉공원은 지대가 높아서인지 시기적으로 좀 늦게 피어서 늦게까지 철쭉을 구경할 수 있다.

만연산지구산림공원에서 수만리 생태숲공원으로 거듭난 이곳은, 예전에는 만연산 수만리 큰재광장이라고 불렀다. 생태숲공원으로 들어서면 단풍나무숲과 철쭉원, 편백나무숲 등이 산책로를 따라 걸을 수 있게 되어 있다.

수만리 철쭉공원 인근에 숲길을 걸으며 힐링할 수 있는 만연산 오감 연결길이 있다.

진하게 붉은 단풍나무가 군락을 이루며 즐비하게 늘어서 있고, 철쭉꽃이 사방을 뒤덮고 있는 모습은 마치 산 위에 꽃밭을 펼쳐놓은 것 같다. 진달래와 비슷한 분홍철쭉뿐만 아니라 빨간색의 황철쭉, 하얀 색의 흰철쭉까지 철쭉의 파노라마를 감상할 수 있다.

화순읍이 멀리 산 아래로 펼쳐져 있고, 철쭉이 뒤덮인 산책로를 따라 걷다 보면 스위스의 어느 산마을에 와 있는 기분이 든다.

무등산을 기암괴석이 병풍처럼 두르다
– 무등산(이서 규봉암, 지공너덜, 입석대)

무등산(이서 규봉암 · 지공너덜 · 입석대)

무등산 일대에 펼쳐진 주상절리

　　화순군 이서면 영평리에 있는 규봉암은 무등산의 입석대
(1,017m) 아래 남동쪽으로 1.6km 지점에 기암괴석에 둘러싸여 있
는 절이다. 규봉암을 둘러싸고 하늘을 찌를 듯이 뻗어 있는 기암
괴석 광석대(규봉)는 입석대, 서석대와 더불어 무등산 3대 석경
(石景)으로 꼽힌다. 규봉암은 하늘과 맞닿을 듯 깎아지른 약 100
여 개의 돌기둥이 주변을 감싸고 있어 신비로운 모습을 하고 있
고 울창한 숲과 어울어져 한 폭의 동양화를 보는 것 같다.

　　산 위에 이런 장관을 연출한 기암괴석은 '주상절리'라고 한다.
우리나라에서 주상절리대로 유명한 곳은 제주도나 경주 양남,
또는 한탄강 등이다. 대부분 바다나 강 등 물가에 있는데, 규봉
암의 주상절리대는 강이나 바다와 전혀 상관없이 산꼭대기에 형
성되어 있다는 점이 독특하다.

　　규봉암의 주상절리는 독특한 형성 과정을 거쳐 만들어졌다.
무등산 석영 안산질 응회암으로, 8,300만 년 전에 화산이 폭발한
이후 매우 뜨거운 화산재들이 수백 미터 두께로 쌓여 있다가 천천
히 식으면서 암석과 같이 굳어지고, 오랜 세월 동안 치밀한 안산

암질로 다시 만들어진 것이다. 그러다 보니 급속하게 식어서 만들어진 바닷가나 강가의 몇십 센티미터 크기의 주상절리와 달리 몇 미터나 몇십 미터가 되는 커다란 바위가 만들어진 것이다.

이렇게 규봉암의 주상절리는 수천만 년 전에 이루어진 후 다양한 지구의 기후 환경 변화 과정을 겪으면서 독특한 생성 과정을 거쳐 이루어진 지형이다. 특히 규봉암의 주상절리는 오랜 세월 동안 기둥들 사이에 자연스럽게 흙이 쌓이고, 씨앗이 날아와 떨어져 풀이 자라고, 이런 과정이 수없이 반복되면서 식물과 돌이 어우러진 독특한 모습을 연출하게 되었다. 그 모습에 따라 이름을 붙여 '규봉의 10대'라고 하는데, 규봉 10대는 광석대, 설법대, 은신대, 송하대, 장추대, 청학대, 풍혈대, 송광대, 법화대, 능엄대이다.

무등산 3대 석경 중 하나인 서석대는 돌병풍 모양으로 동서로 길게 발달해 있는 용암층이고, 입석대의 돌기둥 하나의 크기는 남한에 있는 주상절리 중 가장 큰 것으로 알려져 있다.

규봉암에 오르려면 화순에서 오르는 방법과 광주에서 오르는 방법이 있다. 화순의 경우 이서면 영평리 장복동 마을에서 오르는 등산로가 있고, 광주의 경우 무등산국립공원 증심사 지구에서나 원효사 지구의 탐방로를 주로 이용한다.

암자를 병풍처럼 두르고 선 주상절리대의 압도적인 모습은 보는 이로 하여금 숨이 턱 막히게 한다. 게다가 주상절리 기둥들 하나하나의 굵기도 놀라운데 이렇게 굵은 기둥들이 산꼭대기에서 기둥 숲을 이루고 있다니, 화산 폭발의 힘이 대단한 건지 세월의 무게가 대단한 건지 모르겠지만 경이롭다는 생각밖에 들지 않는다.

규봉암이 언제 세워졌는지에 대한 기록은 남아 있지 않다. 다만 신라시대에 의상대사가 지었고 순응대사가 다시 지었다고 전해지고, 또 다른 이야기로는 고려 초에 도선국사, 보조국사가 지었다고도 한다.

절이 언제 지어졌는지는 정확하지 않지만 이곳을 거쳐 간 역사의 흔적들은 남아 있다. 신분이 낮은데도 불구하고 어려서부터 글씨를 잘 쓰고, 평생을 글씨에 몰두하여 글씨에 대해서는 신의 경지에 올랐다고 하는 신라의 명필 김생(711~791)이 규봉암의 현판을 썼는데 이 현판을 도둑맞았다는 기록이 남아 있다.

고려시대 화순 출신의 스님인 진각국사 혜심(1178~1234)이 이곳에서 공부하고 득도하였다고 한다. 고려 말에는 장군 이성계가 황산대첩에 나가 왜적과 싸웠는데, 규봉암으로 도망친 왜적 패잔병 12명을 생포했다는 기록도 남아 있다.

1739년 3월 20일에 쓴 규봉암 상량문이 발견되어 당시에 규봉암을 다시 지은 것으로 보인다.

긴 세월을 지나는 동안 산꼭대기에 세워진 규봉암은 흥망성쇠를 겪어왔다. 그러다 6.25 한국전쟁 때 불에 타서 10여 년간 폐허가 되었다가 1957년 관음전과 요사채를 지어 복구하면서 지금에 이르고 있다.

규봉암이 얼마나 신비로운지 고려 명종 때의 문신인 김극기가 쓴 한시 '규봉암'을 보면 알 수 있다.

이상한 모양의 돌들은 이름 붙이기가 어렵더니
올라와서 바라보니 모든 것이 공평하구나
바위 모양은 비단을 잘라 세운 듯하고

무등산 일대에 펼쳐진 주상절리

주상절리를 잘 보여주고 있는 기암
절벽

봉우리 모습은 옥을 다듬어 세운 듯하다

명승을 밟으니 세상 티끌이 사라지고

그윽한 곳에 이르니 도의 참뜻 더해지네

어떻게 세상 인연 털어버릴까

가부좌로 앉아 영생의 길을 배운다

천 년 전 문인의 눈에 비친 규봉암의 모습이 천 년이 지난 지금도 변함없이 우리 마음속에 담기고 있다.

규봉암의 북서쪽에 있는 지공너덜은 무등산 아래 약 1,000~
1,100m 높이에 있는 산의 남쪽 경사진 곳에 있으며, 폭이 150m
에 이르고, 너덜의 평균 경사는 20~35도이며, 너덜을 이루고 있
는 암석의 크기는 최대 4~5m에 이른다.

너덜은 너덜경의 준말로, 돌이 많이 깔려 있는 산비탈을 가리
키는 순수한 우리말이다. 지공너덜은 주상절리나 암석의 덩어리
가 오랜 세월 동안 비바람을 맞으면서 깨지고 부서진 뒤 무너져
산의 경사면을 따라 흘러내린 돌무더기로, 인도 스님인 지공대사
의 설법을 듣던 라옹선사가 이곳에서 기도하면서 지공너덜이라
고 이름지었고, 지공대사가 이곳에 석실을 짓고 기도하면서 부처
님의 힘으로 억만 개의 돌을 깔았다는 이야기가 전해져 온다.

잠시 돌 위에 앉아 있으면 앞이 탁 트인 게 시원하고 전망이
좋다.

예로부터 산세가 험준하거나 큰 바위가 있으면 이와 얽힌 많
은 이야기들이 만들어지고 전해내려온다.

풍혈대는 바위에 올라 돌 틈으로 빠져나갈 수 있게 되어 있는
데, 총각이 이 바위를 빠져나가면 장가를 빨리 가고, 처녀가 풍
혈대를 빠져나가면 결혼을 해서 순산을 한다고 하며, 노인들은
극락을 간다는 이야기가 전해 내려온다.

규봉암 허릿길로 가다 보면 보조국사가 도를 닦았다는 보조석
실이 있는데 산신기도 장소로 알려져 사람들이 먼 길을 마다하
지 않고 찾는다고 한다.

산 위에 하늘로 치솟은 기암괴석과 산비탈에 수많은 암석들
이 즐비하게 펼쳐져 있는 것을 보면 자연 앞에 고개가 절로 숙
여진다.

숲멍으로
마음을 치유하다
– 연둔리 숲정이

연둔리 숲정이

멍때리기 대회라는 것이 있다. 현대인의 뇌를 쉬게 하자는 뜻으로 시작된 것인데, 대회 규칙을 보면 '아무것도 생각하지 않는 상태를 오래 유지하는 것'이다. 대회에 참석한 사람들은 그야말로 멍한 표정으로 앉아 있기만 했다. 그 모습이 처음엔 너무 웃기기도 했으나 얼마나 사람들이 뇌를 혹사했으면 이런 대회가 생겨났을까 싶기도 했다.

치열한 경쟁과 삭막한 도시 생활에서 벗어나 휴식을 취하고 싶은 때가 있다. 도시에서 조금이라도 벗어나 푸른 산을 찾고 자연을 찾는 이유도 몸과 마음의 휴식이 필요하기 때문이다.

화순군 동복면 연둔리에 숲정이라는 숲 힐링 장소가 있다. 숲 멍으로 마음을 치유하기 딱 좋은 곳이다.

연둔리에 있는 둔동마을은 500여 년 전 마을이 생기면서 동복천이 넘쳐서 마을로 물이 넘쳐 들어오는 것을 막기 위해 주민들이 둔동보를 쌓고, 이 제방이 무너지지 않게 하기 위해서 나무를 심은 것이 연둔리 숲정이의 시작이다.

'숲정이'란 '마을 근처의 숲'을 가리키는 순수한 우리말로, 동복천을 따라 700여m 물가에 심어진 수양버들 나뭇가지가 그림처럼 펼쳐져 있다. 특히 나무와 나무 사이로 펼쳐진 길은 멋진 산책로가 되고, 울창한 숲 사이로 비치는 따사로운 햇빛은 지친 사람들에게 편안함을 안겨주고, 마음의 평화를 느끼게 해준다.

마을 사람들이 이곳에 숲정이를 만든 것과 관련해서 전설 같은 이야기가 전해져 온다. 아마 풍수지리적으로 단점을 보완하기 위해서 비보림(裨補林)으로 나무를 심기 시작한 것이 꾸며진 이야기까지 덧붙여져 하나의 전설로 자리잡았을 것이다.

연둔리 둔동마을 뒷산에 큰 바위가 있었다. 동복천 건너에 있는 구암리 규암에서 이 바위가 보이면 둔동마을에 큰 재앙이 생긴다고 하여 1500년 경 마을에 처음 정착한 강 씨 성을 가진 만석꾼이 뒷산의 큰 바위를 가리기 위해 나무를 심었고, 그후 마을 사람들의 보살핌으로 지금의 울창한 숲이 되었다고 한다.

이렇게 연둔리 숲정이는 몇백 년 동안 사람들이 가꾸고 보살펴서 이루어진 마을 숲이다. 왕버들, 느티나무, 서어나무 등 230여 그루의 아름드리 나무들이 한데 어우러져 커다란 숲을 이루고 있다. 동복천 주변을 따라 길게 늘어선 숲 길을 산책하다 보면 마치 울창한 나무 터널 속을 걷고 있다는 기분에 빠진다.

숲정이는 지금도 성장하고 있는 마을 숲이다. 숲을 보호하기 위해 마을 사람들은 지금도 나무를 계속 심고 있어서 몇백 년 된 나무와 새로 심은 나무들이 함께 자라고 있다. 썩은 나무도 함부로 베어낼 수 없도록 하여 숲정이의 나무들은 보살핌을 받고 있고, 그 정성에 2002년 '아름다운 마을 숲'에 선정되기도 하였다.

마을을 보호하기 위해 심었던 나무들이 숲을 이루고 그 숲을 지키기 위해 정성을 다하다 보니 이제 화순을 대표하는 경치가 되고 사람들의 마음을 정화시키는 힐링 장소로 사랑받고 있다.

연둔리 숲정이에서 산책을 하면서 숲의 기운을 온몸으로 받아도 좋고, 아름드리 나무 근처 의자에 앉아 숲이 들려주는 자연의 소리에 귀기울이고, 나무 사이로 쏟아지는 햇살을 받으면서 멍 때리기를 해도 좋을 것이다. 사람의 보호를 받으면서 성장한 자연이 주는 선물을 기쁜 마음으로 받아보자.

온천으로 하루의 피로를 풀다

– 도곡온천, 화순온천

화순온천

　세계문화유산인 고인돌유적지가 있고, 국보와 보물이 있는 신라시대 지어진 쌍봉사가 있고, 천불천탑의 운주사가 있으며, 신이 빚어 놓은 화순적벽, 공룡화석지가 있는 화순은 수학여행 코스로 많은 학생들이 방문하곤 한다.

　화순으로 수학여행을 오면 머무는 숙소는 화순군 북면 화순온천관광단지 내에 있는 금호화순리조트이다. 서울, 경기도 지역에서 전라도로 수학여행을 왔을 때 시골길에 대형리조트가 우뚝 서 있는 것을 보고 환호성을 지르기도 한다.

　물론 수학여행 온 학생들이라 온천이 일정에 들어 있지는 않겠지만 이렇게 대형 시설이 들어설 만큼 화순의 온천은 유명하다.

　전남 지역에서 최초로 온천수가 발견된 지역이 화순온천이다. 1982년에 온천이 발견된 이후 13년이 지난 1995년 10월에 단지 내에 현대식으로 지어진 대형 종합온천장이 문을 열었다.

　온천이 발견된 지역은 오래 전부터 사람들 사이에 입에서 입으로 전해 내려오는 이야기들이 있다. 이곳도 몇 가지 이야기들이 전해져 오는데, 조상들이 화산 분화구 속에서 흘러나오는 물을 신비로운 약수라고 생각해서 그 물로 목욕을 하면 피부병이 나았다고 한다. 이 지역에 폭설이 내려도 눈이 쌓이지 않고, 엄동설한에도 이른 아침이면 흘러내리는 물에서 김이 솟아난다고 한다. 심지어 1년생 식물이나 개구리가 겨울잠을 자지 않고 서식했다는 이야기 등이 온천과 관련되어 전해 내려오고 있다.

이런 얘기들이 온천의 징후였을 것이다.

1982년에 지하 248m에서 25.5~34℃의 좋은 수질의 온천수를 발견하였다. 하루에 나오는 온천의 용출량은 5,500톤 이상이고, 유황, 아연 등 인체에 필요한 필수 5대 미네랄이 함유된 라듐온천으로, 태고의 화산 분화구에서 뿜어대는 100% 천연온천수이다. 화순온천의 수질은 생체활성에너지원으로 성장 기능 장애, 여드름, 기미, 피로, 주근깨, 음주, 흡연 등에 효과가 있는 아연성분과 신경, 심장 기능을 강화시키는 라듐, 피부병과 만성 관절염, 간질환, 외상 후유증에 탁월한 유황이 함유되어 있다.

온천채수량은 하루 5,500톤으로 온천수는 어린이 발육촉진, 탈모방지, 피부미용, 정력증진, 피부병, 무좀 뿐만 아니라 신경통, 관절염, 만성습진, 만성신장염 등에도 효과가 있다.

수학여행 일행이 머물 정도로, 주위에는 광주댐 주변의 가사문학권인 식영정과 소쇄원과 자연휴양림으로 이름난 백아산까지 연결돼, 문화재관광과 산림욕을 겸할 수 있다. 게다가 공룡발자국화석산지와 신이 빚어 놓은 화순적벽을 볼 수가 있다.

이렇듯 화순온천은 대규모 숙박시설과 종합 온천장이 있어서 수학여행 등 단체 관광여행에 좋으며, 금호리조트(주)화순에서는 호남 제일의 기능성 아쿠아나를 운영하고 있어서 온천휴양지로도 사랑받고 있다.

도곡온천과 도곡온촌 인근에 있는
관광지

　화순에는 화순온천 외에 온천이 한 군데가 더 있다. 도곡면 천
암리, 원화리 일대에 있는 도곡온천이다. 1988년 4월 9일 온천
지구로 지정되었으며, 그 이듬해 가을에 관광지로 지정되었다.
도곡온천이 본격적으로 개장을 한 것은 1995년 2월로, 도곡온
천 원탕호텔의 대중탕 개장과 함께 본격적인 호남의 온천시대를
열었다. 도곡온천은 유황이 많이 함유된 중탄산온천으로, 신경
통, 관절염, 피부병 등에 효과가 있다.

　도곡온천은 주변에 세계문화유산 화순고인돌유적지와 골프장
이 있고, 천불천탑의 운주사가 가까이 있어서 남도지역을 관광
한 후 이곳에 들러 온천수로 피로를 씻어내고 쉬어 가기에 좋은
곳이다.

　지금처럼 의학이 발달하기 전에는 목욕은 병을 치료하는 방법
중 하나였다. 근육통이 있거나 온몸이 피곤할 때 따뜻한 물에 몸
을 지지면 낫는다는 옛 어른들의 말씀처럼, 온천에 몸을 담고 있
으면 온몸이 노곤해지면서 근육이 이완되고 피로가 풀리는 것을
느낄 수 있다. 온천 주변에 사는 사람들은 농한기에 '탕치(湯治)'
를 위해 뜨거운 물이 나오는 곳을 찾아 몸을 담고 피로를 풀곤

했다. 약탕에 몸을 담그는 치료요법으로 온천을 이용하여 병을 치료하는 방법도 있다. 이처럼 온천욕은 뜨거운 공기와 온천수에 의해 열과 땀이 나면서 혈액순환을 촉진하고 노폐물이 몸 밖으로 나가도록 도와준다. 온천욕은 온열 효과와 함께 수압에 의한 물리치료 효과뿐만 아니라 온천수가 가지고 있는 유효 성분에 의한 약리 효과 때문에 치료요법으로 좋다.

　주변 관광지에 들렀다 쉬어가기도 하고, 동료, 상사, 비즈니스 파트너와 함께 골프를 치고 들러 피로를 풀기도 하고, 가족들과 함께 주말을 보내기도 하면서 화순에 있는 두 온천은 많은 사람들에게 피로를 풀어주는 장소이다.

화순온천이 있는 화순금호리조트

영벽정

경전선 철로와
시대를 함께하는
시를 읊다
- 영벽정

영벽정 강가에 있는 비석

　두 조국을 가슴에 품고 중국에서 혁명음악가로 활동한 정율성. 항일독립운동가이자 혁명음악가인 정율성은 일본에 맞서 싸우는 인민해방군들에게 진군의 나팔소리였던 '중국인민해방군가(팔로군행진곡)'를 작곡하였다. 이 노래는 1949년 10월 1일 천안문 광장에서 중화인민공화국 성립을 선포할 때 불리기도 했고, 심지어 중국 건국 60주년 기념식과 2015년 9월 천안문 광장에서 열린 중국 전승절 70주년 기념행사에서도 불려졌다.

　정율성의 음악적 재능을 심어준 곳이 화순능주초등학교이다. 광주에서 태어난 정율성은 4살 때(1917년) 화순군 능주면 관영리로 이사와서 7살 때 능주공립보통학교에 들어가 2년 동안 다녔다. 학교 옆에 지금의 국공립 국악원인 신청(神廳)이 있었는데, 여기서 들려오는 노래를 들으며 음악성과 감수성을 길렀고, 집 앞에 있는 영벽강의 영벽정에서 물고기도 잡고 지냈다고 한다.

　화순군 능주면 관영리에 정율성의 옛집 터가 있고, 능주초등학교에는 악보 조형물 위에 정율성 흉상이 세워져 있다. 학교건물 벽에 대형 타일 벽화도 조성됐다. 능주초등학교 100주년 기념관에 정율성이 공부하였던 옛 교실도 만들어져 있다.

화순에서는 "정율성을 중국에서 활약한 음악가로만 제한하기엔 그의 삶이 너무 크고 넓다."면서 "항일 음악전사이자 중국 3대 혁명가인 정율성에 대한 재조명과 기념사업을 추진하고 있다."고 한다.

이렇게 항일독립운동가이자 중국 3대 혁명가인 정율성이 어린 시절 뛰어놀았을 영벽정을 한번 돌아보자.

화순군 능주면 관영리의 지석강 상류 영벽강에 기차가 지나가는 다리가 있고, 그 근처에 영벽정이라는 정자가 있다. 철도 위를 달리는 기차와 강물 위에 떠 있는 영벽정의 모습은, 먼길 여행을 떠나는 이의 마음을 잠시 붙잡아 쉬게 하는 곳이다.

이따금 영벽정에는 시를 암송하는 소리가 들리곤 하는데, 시를 아끼고 사랑하는 사람들이 이곳에 모여 시낭송회를 하곤 한다. 옛날 화순이 능주였을 때 능주마을의 목사(牧使)가 바뀔 때는 송별회와 환영회를 이 정자에서 했다고 한다.

영벽정이 세워진 것과 관련해서도 '영벽정 이야기'라고 해서 전해 내려온다.

옛날 능주마을에 진 처사라는 사람이 살았다.

하루는 아름다운 영벽강에 정자를 짓기 위하여 산에서 오래된 나무를 베어 왔다. 영벽강 옆으로 자리를 잡고 땅을 파고 기둥을 세우고 골격을 완성하는 상량을 올리는 날이었다. 그러나 상량을 올리자 갑자기 기둥이 흔들리고 집이 무너지고 말았다. 진 처사는 다시 기둥을 세우고 상량을 올렸다. 그러자 또 집이 쓰러지는 것이다. 기둥을 세우고 상량을 올리면 쓰러지고 다시 세우고 올리면 쓰러지기를 반복하였다.

진 처사는 의욕을 잃고 병이 들고 말았다. 그러자 꿈에 용암산의 산신이 나타나 방법을 알려주겠다는 말을 남긴 채 홀연히 사라졌다. 깜짝 놀라 깨어보니 꿈이었다.

그로부터 7일 째 되던 날 어린 사미승 한 분이 진 처사를 찾아왔다.

"정자를 세우려고 하는 땅의 모양이 토끼가 엎드려 있는 복토혈(伏兎穴)입니다. 정자의 기둥 하나를 칡뿌리로 세우고, 토끼 지장신을 그려서 정자 터 가운데 주춧돌 아래에 묻어야 합니다."

그러고는 유유히 사라져 버렸다. 칡뿌리로 기둥을 세운다는 것이 어디 말처럼 쉬운 일인가.

진 처사는 날마다 칡뿌리로 기둥 세우는 것을 생각하다 방법을 찾지 못해 다시 병이 들어 눕게 되었다. 또 다시 꿈에 용암산 산신이 나타나 이를 해결해 줄 사람이 찾아올 것이라고 하고는 또 홀연히 사라졌다.

다음 날 웬 책장수 노인이 나타나 길 가는 나그네인데 하룻밤만 쉬어갈 수 있겠느냐고 하였다. 진 처사는 이 사람이 꿈에서 말한 사람일 거라 생각하고 노인을 묵게 하였다.

책장수 노인과 마주 앉아 이런 저런 이야기를 하면서 슬며시 칡뿌리 기둥 이야기를 꺼냈다.

"칡뿌리 기둥이라…… 장흥에 가면 천관사라는 절이 있는데 그곳에 500년 묵은 칡나무가 있습니다. 천관사 스님이 그 칡을 보호하고 있을 겁니다."

이에 진 처사는 노인에게 감사를 표하였다.

다음 날 진 처사는 천관사를 찾아가 연세 지긋한 주지 스님을 찾아 자초지종을 말씀드렸다.

선비들의 곧은 마음을 대변이라도
하듯 영벽정 주위에는 대나무숲이
자리하고 있다.

지금도 이곳에는 시인들이 모여 함
께 시를 이야기한다.

"천관사에서 보호하고 있는 칡뿌리로 영벽강변에 지을 정자의
기둥을 만들 수 있도록 허락하여 주십시오.

그러자 스님은 전생의 형님을 뵈었다고 하면서 기둥을 만들어
한 달 후에 보내주겠다고 하였다.

한 달이 채 안 된 어느 날, 비가 많이 오더니 영벽강에 물이
넘쳤다. 그때 천관사 스님이 작은 배를 타고 칡뿌리 기둥을 물에
띄워 끌고 왔다.

진 처사는 스님이 준 칡뿌리 기둥으로 정자를 세우고, 토끼의
지장신을 그려서 정자의 가운데 주춧돌 밑에 묻었다. 그리고 상

량을 올리자 정자는 한치의 흔들림도 없이 완벽하게 세워졌다.

영벽정은 1931년에 원인 모를 불이 난 적이 있다. 그때도 신기하게도 칡뿌리 기둥만은 타지 않았다고 한다.

칡뿌리 기둥 위에 세워졌으니 영벽정은 앞으로도 흔들림 없이 사람들을 보내고 또 맞이하는 장소로도 쓰일 것이고, 꿈을 낚는 어린이들의 낚시터가 될 것이며, 수많은 시인들의 마음을 쏟아내는 장소가 될 것이다. 1500년 전 시인 묵객들이 왜 이곳에 머물렀는지 궁금해하지 않아도 된다. 영벽정에 올라 유유히 흘러가는 강물과 강 건너 펼쳐진 병풍 같은 산을 보면 저절로 그 이유를 알게 될 것이다. 강가를 향해 온몸을 비틀어 고개를 뻗어 강물을 거울삼아 서 있는 오래된 고목과 곧 거대한 몸을 드러내며 기차가 달려올 것 같은 철길을 보며 긴 세월을 지켜온 영벽정은 앞으로도 긴 세월을 묵묵히 그 자리에서 지켜볼 것이다.

세속의 때를
벗어던지다

— 물염정

물염정

물염정 옆에 있는 물염적벽

　동복댐을 세운 이후 상수원보호구역으로 지정되어 출입금지 구역이 된 화순적벽을 보려면, 사전 예약을 하고 버스투어를 해야 볼 수가 있다. 그러나 동복천의 굽이굽이 흘러내려가는 강물 곁으로 파노라마처럼 펼쳐진 적벽이 곳곳에 있으니 전혀 볼 수 없는 것은 아니다. 화순적벽의 대표격인 노루목적벽과 보산적벽은 적벽투어를 해야 볼 수 있지만 화순 동복천의 다른 곳에서 적벽을 만날 수 있다.

　속세에 물들지 않겠다는 뜻으로 이름지어진 '물염정'에 가면 언덕 위에서, 동복천 상류의 너무나 아름다운 적벽을 만날 수가 있다. 바로 '물염적벽'이다. 물은 아래로 흘러가며 넓은 물길을 만나게 된다. 이곳에 또 다른 적벽이 있는데, '창랑적벽'이다. 넓은 물길과 물 위로 솟아오른 듯한 적벽이 영화의 한 장면처럼 펼쳐져 사람의 발길을 잡는다.

　병풍처럼 둘러친 물염적벽의 기암 절벽과 소나무숲, 그리고 깊은 계곡과 잔잔한 강물 위에 비친 물염적벽의 모습을 보고 있으면 시를 읊고 싶은 마음이 저절로 생길 것 같다.

물염정은 조선 중종과 명종 때, 구례 현감과 영암 군수를 지냈던 송정순이 세웠다고 하는데, 송정순의 호를 따서 '물염정'이라 붙였다고 한다. 속세에 물들지 않겠다는 호를 따서 정자 이름에도 붙였으니 꼿꼿한 선비 정신을 엿볼 수 있고, 관직을 가진 자로서의 마음가짐이 어떠했는지 느낄 수 있다.

송정순은 물염정을 1566년에 세운 후 평생을 이곳에서 지냈다. 물염정은 외손자인 나무송과 나무춘 형제에게 물려준 이후 여러 번 보수공사를 하면서 지금까지 이어오고 있다.

물염정에는 김삿갓 시비가 있다.

방랑시인 김삿갓은 화순에서 지내는 동안 물염정에 자주 와서 시를 읊곤 하였다. 그런 이유로 물염정 근처에는 김삿갓 동상과 시를 적은 시비가 곳곳에 있다.

물염적벽을 한눈에 볼 수 있는 곳에 물염정이 있으니 그 당시에 김인후, 이식, 권필, 김창협, 김창흡 등이 남긴 시를 적은 액자가 정자 안쪽에 걸려 있다.

2004년에 광주광역시 관광협회와 무등일보가 공동으로 '광주 전남 8대 정자 선정 위원회'를 만들어 경치가 아름답고, 원형이 잘 보전된 정자를 추천받아 교수 및 향토학자 등 전문가들의 자문을 거쳐서 역사학적, 건축학적으로 소중한 문화유산으로 평가받는 8곳의 정자를 선정하였다. 화순의 물염정, 담양의 식영정, 완도의 세연정, 광주의 호가정, 곡성의 함허정, 나주의

영모정, 영암의 회사정, 장흥의 부춘정인데, 그 가운데 화순의
물염정을 1호로 선정하였다.

속세에 물들지 않겠다는 물염정.

이곳에 오르면 현대를 살면서, 속세에 물들지 않고 살다 간 분
들이 새삼 그립다. 평생을 무소유의 삶을 살다 간 법정스님과 생
활비 명목으로 받은 보조금을 평소 도움을 요청하는 사람들을

위해 사용하시고 평생 무소유의 삶을 그대로 보여준 김수환 추
기경님이…….

물염정 옆에 펼쳐져 있는 물염적벽

임대정원림

마을 속에
한국의 전통정원이
자리하다
– 임대정원림

임대정원림

    화순은 평야보다 산이 두 배 이상 많다. 산도 많고, 물도 풍부하니 자연이 만들어낸 풍광이 예술이고, 이런 곳에서 글도 읽고 쉴 수 있는 정자를 세워 선비들은 자연을 벗삼아 풍류를 읊기도 했을 것이다. 그런데 화순의 많은 정자들 중에 이름 뒤에 '원림'이라는 단어가 붙어 있는 곳이 있다. '임대정원림'이 그곳이다.

    임대정원림은 화순적벽 같은 자연을 볼 수 있는 곳에 위치하고 있지 않다. 화순군 사평면 상사마을 어귀에 위치하고 있는데, 그 자체가 숲이고, 섬이 있고, 연못이 있는 자연이다.

    임대정원림은 철종 때 병조참판을 지낸 사애 민주현이 1862년에 임대정이란 정자를 짓고 그 주변에다 숲을 만든 것을 말한다.

    임대정이란 이름은 동쪽에 있는 봉정산에서 흘러내리는 물이 사평천과 만나는 곳에 있다고 해서 붙여진 것으로, 중국 송나라 사람 주돈이의 시 중에서 아침 내내 물가에 서서 여산을 바라본다는 내용의 '종조임수대려산(終朝臨水對廬山)'의 글귀에서 임 자와 대 자를 따와 '임대정'이라고 지은 것이다. 사평천 물가에서 봉

원림에서 돌계단을 따라 올라가면
임대정에 다다른다.

정산을 바라본다는 뜻을 담았다.

원림은 정원과 많이 혼동되어 사용되고 있는데, 원림은 중국과 우리나라에서 주로 쓰던 단어이고, 정원은 일본에서 쓰던 단어가 우리나라에 들어와 정착한 단어이다. 정원은 집에서 인위적인 조경작업을 통해 자연의 모습을 만든 것이라면, 원림은 주변에 동산이나 자연의 아름다움을 갖춘 적절한 장소에 집과 정자를 배치하여 자연을 그대로 담아내려고 한 것이다.

상사마을 어귀에 들어서면 나무가 울창하게 둘러싸인 숲이 나타난다. 이곳이 임대정원림이다. 숲이라고 하지만 어마어마하게 큰 숲을 상상하고 가면 그냥 지나칠 수도 있다. 울타리가 둘러쳐 있고 임대정원림을 설명한 안내판 뒤로 펼쳐진 작은 숲으로 들어서면 아! 하는 탄식이 튀어나온다. 커다란 연못이 양쪽으로 있고, 연못 가운데는 섬이 있고, 그곳에는 작은 섬을 뒤덮은 듯한 나무가 서 있다.

한여름에 연꽃이 가득했을 연못은 소나무, 대나무, 매화나무, 살구나무, 석류나무, 측백나무, 배롱나무, 은행나무 등이 어우러져 있고, 나무들에 싸여 영화에나 나올 법한 몽환적인 분위기를 자아낸다. 사시사철 원림의 분위기는 느낌이 다 다를 것이다.

연못 사이에 난 길을 따라 들어가면 돌계단이

사애 선생이 지팡이 짚고 자주 들르던 곳이라는 뜻의 '사애선생장구지소'라 새겨진 돌이 있다. 사애 선생은 민주현을 말한다.

놓인 숲 터널이 보인다. 밝은 햇살이 보이는 곳으로 오르면 마치 신선이 꿈꾸는 세계가 있을 법한 느낌이다. 편하게 놓인 돌계단을 밟고 올라 숲 터널을 빠져나오면 너른 마당에 임대정이 있다.

민주현이 임대정을 지은 곳은 1500년대 말에 남언기가 수륜대라는 정자를 짓고 자연과 벗하면서 평생을 살았다고 하는 원림 고반원이 있던 터이다.

조선 중기의 학자이자 서예가인 남언기의 호를 따서 이름붙인 고반원의 옛터에 정자를 세우고 임대정이라고 부른 것이다. 남언기는 퇴계 이황, 송강 정철과 친분이 두터웠는데, 사평촌에 정자를 짓고 살면서 벗들과 학문을 토론하고 시를 읊으며 여생을 보냈다. 3백여 년의 세월이 흐른 후에 고반원이 있던 옛터에 임대정을 지은 것이다.

정자에서는 넓은 평야와 사평천이 보인다. 작은 대나무 숲도 보이고, 오래된 고목도 있고 배롱나무도 있다. 많은 작가들이 찾아와 시를 읊기도 하고, 예절을 가르치는 서당으로도 쓰였다고 한다.

임대정 정자

마당 한쪽에 소나무에 기대어놓은 돌판이 있다. 그곳에 '사애
선생장구지소'라는 한자가 새겨져 있다. 사애 선생이 지팡이를

짚고 들르던 장소라는 뜻인데, 사애는 민주현의 호를 뜻한다.

정감록에 보면 임대정 주변의 사평리는 어려운 일이 있어도 만인이 살 수 있는 곳이라고 한다. 오랜 세월 동안 임대정원림이 한국의 전통적인 원림의 모습을 잃지 않고 남아 있는 것이 정감록의 예언 때문만은 아닐 것이다.

많은 사람들의 관심과 보살핌이 없었다면 어찌 자연세계를 옮겨 놓은 듯한 느낌의 숲을 지금까지 지켜낼 수 있었겠는가.

임대정에서 돌계단이 놓인 숲길로 내려오면 작지만 울창한 원림을 만날 수 있다.

호수 안 작은 섬,
정자에 앉으니
무릉도원이다

- 환산정

환산정에서 본 서암적벽

미국에까지 이름난 화순의 명소인 세량제(세량지)는 저수지를 둘러싼 숲이 펼치는 오색찬란한 색의 변화를 볼 수 있는 곳이다. 화순의 저수지 중 아름다운 장소로 알려진 곳이 서성제이다. 화순의 적벽을 볼 수 있는 이곳은 무릉도원에 온 듯 신비로움을 느낄 수 있다.

이른 아침 산길을 구불구불 오르막내리막 달리다 보면 곳곳이 절경이다. 도로 옆으로 난 작은 길로 들어서니 작은 주차장이 보인다. 주위를 둘러봐도 나무가 우거진 한적한 시골 풍경이다. 농어촌공사에서 세워놓은 서성저수지 안내문과 수질관리 실명제 안내판을 보니 제대로 찾아온 것은 맞는 것 같다.

나무들 사이로 좁은 데크길이 보이고 호수쪽으로 연결되어 있다. 이른 아침 데크 주위의 풍광은 사람들의 손을 타지 않은 듯한 나무들이 원시림처럼 자라고 있어서 마치 또 다른 세계로 들어온 것 같은 신비로움이 느껴졌다.

미지의 세계로 빨려들어가듯 좁은 데크길을 따라 계속 들어가니 자그마한 섬 속에 몇백 년 된 소나무 사이로 정자가 보인다.

환산정 앞에 문은 있으나 담이나 울타리가 없다.

환산정을 대한 첫 인사는 감탄사였다.

저수지인 호수 안에 있는 작은 섬에 세워진 정자인 환산정은 그야말로 무릉도원의 세계를 느끼게 해준다.

안양산과 만연산 골짜기 끝에 댐을 만들어 생긴 인공호수가 서성저수지인 서성제이다. 인공호수가 만들어지면서 육지였던 곳이 섬이 되었는데, 이곳에 아담하게 서 있는 정자가 환산정이다. 섬이 된 환산정으로 들어가기 위해 데크 길 다리를 만들었다.

환산정은 병자호란 이후 백천 류함이 은거생활을 하기 위해 지은 정자이다.

조선시대에 가장 큰 전쟁은 임진왜란과 병자호란이다. 1592년에 일본의 침략으로 시작된 임진왜란은 7년이 지나서야 끝이 나고, 그로부터 불과 몇십 년이 지나지 않은 1636년 12월에 청나라가 쳐들어온 병자호란은 1637년 1월에 조선의 왕인 인조가 청나라 태종에게 항복하면서 끝이 난다.

류함은 병자호란이 일어나자 화순에서 거병한 의병을 이끌었다. 참봉 조수성, 감역 조엽, 처사 최명해 등과 함께 의병을 일으켜 오랑캐를 무찌르고 인조가 피해 있던 남한산성을 향해 진격했다.

그러나 인조가 청나라 태종에게 항복했다는

환산정으로 들어가는 다리와 환산
정의 기둥의 주련 모습

소식을 듣고 통곡하며 다시 화순으로 돌아왔다. 우국지한의 마음으로 방 1칸짜리 초가를 지어 은거 생활에 들어갔다. 제자들을 가르치고, 시서를 논하면서 하늘이 무너지고 땅이 꺼지는 통탄의 시간을 견뎌냈다.

처음에 환산정을 지었을 당시에는 주변이 산으로 둘러싸여 있었다. 방 한 칸의 초가로 지었는데 1896년 후손들이 중건하였고 지금의 모습은 2010년 복원한 것이다. 가운데 온돌방이 있고 사방으로 마루가 나 있고 난간이 둘러쳐 있다.

1965년 농업용수를 확보하기 위해 제방을 쌓아 저수지를 만들었는데, 서성저수지(서성제, 瑞城堤)가 만들어지면서 환산정은 호수에 둘러싸인 섬에 있는 정자가 되었다.

'환산정'이란 이름은 송나라의 정치가이자 문학가인 구양수가 저주의 태수로 있을 때 지은 '취옹정기'라는 시의 첫부분인 '환저개산야(저주를 둘러싼 것은 모두 산이다)'에서 따온 것이다. 정자 이름이 쓰여진 현판 뒤에는 류함이 환산정을 세우고 쓴 '원운'이라는 시가 있으며, 정자 기둥에는 검은색 나무에 흰 글씨로 써 있는 주련이 걸려 있다.

　환산정 앞에는 울타리가 없이 작은 문이 세워져 있고, 350년
된 소나무가 환산정을 모두 감싸안은 듯이 서 있다.

　환산정에 앉아 있기만 해도 모든 상념에서 벗어날 것 같다. 환
산정의 무릉도원과 건너편 서암적벽의 수려한 모습을 보면서,
벼슬도 하지 않은 선비의 몸으로 나라를 구하기 위해 앞장선 류
함의 기개와 충절을 다 알 수는 없으나 삶의 현장에서 벗어나 잠
시나마 숨을 돌릴 수 있고, 충전의 시간을 가질 수 있으니 감사
할 따름이다.

힐링과 웰빙의 도시,
화순이 좋다

    – 화순(화순군청)

화순(화순군청)

화순군청 표지석

　화순의 살림살이를 담당하고 있는 곳은 화순군청이다. 화순읍 동헌길에 위치한 화순군청은 '군민이 행복한 풍요로운 복지화순'을 군정 목표로 하여 실천해 왔고, 인구 10만 명의 자급자족 도시로 성장하기 위하여 중장기발전계획을 세워 다양한 정책을 펼치고 있다.

　화순은 전라남도 중부에 위치한 군이다. 중서부 지역은 영산강 유역이지만 동부 지역은 섬진강 유역에 속한다. 산지가 70%가 넘을 정도로 무등산, 백아산 등 유명한 산이 많고, 모후산은 고려인삼의 시원지이기도 하다.

　2020년 기준으로 인구는 6만 2천여 명 정도이고, 재정자립도는 14.2%에 달한다. 화순읍내는 만연천을 중심으로 서쪽의 관공서와 5일장을 중심으로 한 전통적인 행정 중심의 구시가지와 동쪽의 '광덕지구'라는 아파트단지가 들어선 베드타운 성격의 신시가지로 나뉘어 있다.

　화순은 너릿재 고개를 사이에 두고 있는 광주광역시의 위성도시이다. 너릿재터널이 개통되고, 도로도 확장하고, 신너릿재터널이 개통된 후 빠르게 광주의 위성도시화되었다. 그러나 화순읍 외의 남쪽에 있는 면 지역들은 광주보다 보성, 순천으로 가는 길목이다.

농산품 중 쌀이 80%를 차지하는 전형적인 농촌이지만 산지가 70% 이상인 화순에는 탄전이 있어 무연탄의 매장량과 생산량이 많다. 그러나 화순탄광의 경제적 가치는 캐면 캘수록 적자인 탄광이라서 현재는 공기업으로 전환되어 운영되고 있다.

학교는 30개소로, 초등학교 16개, 중학교 10개, 고등학교 4개가 있다. 고등학교는 화순읍에 화순고등학교(일반계), 전남기술과학고등학교(특성화)가 있고, 이양면에 이양고(일반계)가 있다. 그리고 화순군 유일의 사립학교인 능주고등학교가 능주면에 있는데, 전라남도 지역 내에서 거론되는 전남 4대 명문고 중 하나이다.

화순군청

의료시설은 76개소가 있는데, 종합병원 1개, 병원 19개, 의원 56개가 있다.

전라남도에서 유일한 상급종합병원인 화순전남대학교병원은 전남대학교병원의 분원으로, 암치료 전문으로 특화된 병원으로 유명하다.

화순군은 화순전남대병원과 협업하여 전국 유일의 백신산업특구로 지정하고 아시아의 백신 허브로 육성하려는 모색을 하고 있다. 화순전남대병원과 화순읍 내평리에 위치한 제약회사 녹십자의 백신 공장, 전남 생물의약연구원이 화순 백신산업특구의 중추를 이루고 있다.

문화와 전통, 역사, 그리고 자연을 모두 담고 있는 화순은 과거에서 현재, 그리고 미래로 나아가는 도시이다.

화순군 마스코트는 국화를 자유롭고 발랄하게 표현하였고, 보조마스코트1은 세계문화유산인 고인돌을 소재로 하였다. 보조마스코트2는 운주사의 와불을 소재로 하여 친근하게 표현하였다.